Buffy™

CONTRE LES VAMPIRES

LA MOISSON

Traduit de l'américain
par Isabelle Troin
et adapté pour la jeunesse par
Marie du Plateau

Buffy™

CONTRE LES VAMPIRES

Richie TANKERSLEY CUSICK

La Moisson

D'après la série créée par Joss Whedon

2e édition

Édition Jeunesse

POCKET
jeunesse

Titre original :
The Harvest

Collection dirigée par
Patrice DUVIC et Jacques GOIMARD

Loi n° 49-956 du 16 juillet 1949 sur les publications destinées
à la jeunesse : octobre 2000.

ISBN 2-266-10598-1

PROLOGUE

La nuit, le lycée de Sunnydale semblait presque effrayant.

Les cours étaient terminés depuis longtemps. Un silence étrange enveloppait les bâtiments déserts dont la silhouette se découpait au clair de lune. Des ombres s'accrochaient aux cages d'escaliers, et les classes ouvertes paraissaient de sombres grottes.

Soudain une fenêtre se brisa à l'intérieur d'une salle, une main déverrouilla le panneau et le fit glisser vers le haut.

— Tu es sûr que c'est une bonne idée ?

La fille qui venait de parler regarda nerveusement autour d'elle tandis que son compagnon escaladait le rebord de la fenêtre.

— Évidemment ! Viens ! s'exclama-t-il, en lui tendant la main.

Ils traversèrent la salle de classe et sortirent dans le couloir obscur.

— C'est ton bahut ? demanda la fille en esquissant un sourire.

— C'était, corrigea son ami. Depuis le toit du gymnase, on a une vue sensationnelle sur la ville.

— Je ne veux pas monter, protesta la fille. On va avoir des ennuis.

— T'inquiète : je suis là pour te protéger.

Quand il l'embrassa, elle se raidit puis s'écarta de lui. Une grimace déforma ses traits.

— Qu'est-ce que c'était ?

— Quoi ? demanda le garçon, impatient.

— J'ai entendu un bruit.

— Mais non...

— Je t'assure que si, insista la fille.

— C'est peut-être *La Chose*, répliqua son compagnon.

— Ce n'est pas drôle !

À contrecœur, il jeta un coup d'œil alentour. Le couloir était toujours aussi obscur et désert ; pourtant, les ombres semblaient s'être épaissies, comme si elles menaçaient de se refermer autour des deux jeunes gens. Le garçon sentit son amie se rapprocher de lui.

— Y a quelqu'un ? appela-t-il.

Silence.

— Tu vois bien, nous sommes seuls, dit-il en se retournant vers la fille.

Elle avait toujours l'air effrayé.

— Tu es sûr ?

— Certain.

— Parfait, murmura-t-elle.

Alors elle ouvrit la bouche, découvrit ses crocs, et les planta dans le cou du garçon.

1

Buffy était perdue. Elle errait dans un endroit qu'elle ne connaissait pas et n'avait pas envie de connaître. Une grotte souterraine, peut-être, ou l'antre de quelque horrible monstre, exhalant une odeur de pourriture. Troublée et inquiète, elle avançait dans la pénombre, essayant de comprendre où elle était et de trouver une sortie au plus vite.

Une partie de son cerveau savait qu'elle rêvait ; pourtant, une autre l'avertissait que cet endroit était beaucoup trop réel.

Des images envahirent son esprit puis s'évanouirent presque aussitôt, laissant dans leur sillage un vague souvenir. Elle vit des chandelles vaciller au-dessus d'un bassin écarlate… des doigts crochus entourés de flammes… des silhouettes de monstres et l'éclat argenté d'une croix.

Un rire démoniaque se répercuta entre des pierres tombales fêlées : des créatures sans visage la traquaient… Puis elle vit clairement la couverture d'un très vieil ouvrage relié de cuir où se détachait le mot VAMPIRE.

Elle se sentit remuer dans son lit, se débattre entre les draps alors que le rêve l'entraînait de plus en plus loin. Sans crier gare, une ombre maléfique, noire comme la mort, se dressa derrière elle, poussant un rugissement dont l'écho se répercuta dans ses tempes.

— Je m'emparerai de ton corps et je le rongerai de l'intérieur…

Buffy ouvrit brusquement les yeux.

Malgré la lumière matinale, elle sentait encore le cauchemar la menacer, tapi dans son cerveau.

Aveuglée par les premiers rayons du soleil qui pénétraient à flots dans sa chambre, elle s'assit dans son lit en clignant des paupières. Elle était réveillée à présent ; elle ne courait plus aucun danger.

En sécurité dans sa maison, elle retrouvait la réalité...

— Buffy ?

— Oui, maman.

— Il est l'heure de te lever ! Tu ne dois pas être en retard pour ton premier jour au lycée !

— Quelle plaie ! grommela la jeune fille.

Elle se reprocha sa mauvaise volonté, balayant du regard les murs encore nus et les cartons empilés dans un coin de la pièce.

Poussant un soupir, elle chassa de son esprit les derniers lambeaux du cauchemar et se leva pour affronter la journée.

— Je suis sûre que tu vas beaucoup t'amuser, déclara Joyce Summers en regardant Buffy sortir de la voiture. Tu te feras plein de nouveaux amis. Sois un peu optimiste. Et surtout... tâche de ne pas te faire renvoyer.

— Promis.

Pendant que sa mère s'éloignait, Buffy resta immobile quelques instants pour observer de petits groupes d'élèves bruyants qui franchissaient d'un pas nonchalant les grilles du lycée Sunnydale.

Bon… Finissons-en une fois pour toutes.

Elle poussa un soupir et se mit en route. Perdue dans ses pensées, elle ne remarqua pas le séduisant garçon perché sur son skateboard qui slalomait entre les élèves.

— Attention… Laissez passer ! claironna Alex. Je ne sais pas encore bien freiner !

Très grand, il avait les cheveux noirs et arborait un air d'indifférence étudiée. Alors qu'il se dirigeait vers l'entrée du lycée, il aperçut une fille qu'il ne connaissait pas.

Elle était petite et mince, avec des cheveux blond foncé et de grands yeux bleus ; elle avait le visage en forme de cœur, du genre auquel il ne pouvait résister. Elle portait des bottes et une jupe vraiment courte. Passant près d'elle, Alex se tordit le cou pour mieux voir ses jambes… et oublia de regarder où il allait.

À la dernière seconde, il réussit à éviter les escaliers, mais il dut plonger sous la rambarde et atterrit en boule sur le trottoir. Une silhouette familière se précipita vers lui pour l'aider à se relever.

— Willow ! s'exclama Alex, l'air dégagé malgré sa chute spectaculaire. C'est justement toi que je voulais voir !

— Vraiment ? demanda la jeune fille, pleine d'espoir.

D'après les critères de Sunnydale, elle était ordinaire et ennuyeuse : toujours le nez dans un bouquin, et en plus c'est sa mère qui choisissait ses vêtements.

Son sourire doux se fit radieux tandis qu'Alex s'approchait d'elle. Fidèle à son habitude, le jeune homme ne sembla pas le remarquer.

— Oui, je voulais te voir, confirma-t-il. J'ai un problème avec les maths.

Willow s'efforça de masquer sa déception.

— Quel exercice ?

— Tous. Tu ne voudrais pas me faire bosser ce soir ? S'il te plaît... Tu pourrais être ma prof.

— J'y gagnerai quoi ? s'enquit-elle joyeusement.

— Je dois avoir une pièce d'un dollar au fond de la poche...

— Tu es trop généreux ! Commence par lire les *Théories trigonométriques* ! C'est un livre que tu devrais emprunter.

Alex fronça les sourcils.

— L'emprunter ?

— Ben oui, à la bibliothèque... Tu sais, cet endroit où on fait pousser les livres.

— Oh ! je vois, grogna Alex. Mais je veux vraiment m'améliorer. Je te promets d'être un élève studieux.

Alors qu'ils pénétraient dans l'établissement et se frayaient un chemin parmi la foule des élèves, leur ami Jesse s'approcha.

— Salut, dit-il en leur faisant un signe de tête.

— Salut, répondit Alex en lui flanquant une tape dans le dos. Quoi de neuf?

— Il y a une nouvelle ! annonça Jesse.

— Exact. Je viens de la voir. Plutôt canon, hein ? fit Alex avec un clin d'œil.

— Quelqu'un m'a dit qu'on l'avait transférée ici, expliqua Willow.

— Vas-y, raconte, pressa Alex.

— Raconte quoi ? demanda Jesse.

Jesse était grand et costaud, avec des cheveux très courts et d'épais sourcils. Ce n'était pas un des types les plus en vue du lycée...

— Pourquoi est-elle ici ? Comment s'appelle-t-elle ? interrogea Alex en levant les yeux au ciel.

Jesse haussa les épaules en guise de réponse.

— Décidément, mon pauvre vieux, tu ne me sers pas à grand-chose, décréta Alex en soupirant.

Assise dans le bureau du principal, Buffy faisait face à M. Flutie. C'était un homme d'âge mûr plutôt ventripotent qui semblait assez content de lui-même. Il sortit son dossier, le feuilleta brièvement et leva la tête vers elle.

— Buffy Summers, récita-t-il. Classe de seconde, transférée du lycée Emery à Los Angeles. Vous semblez traîner derrière vous une longue liste de crimes...

Avant que Buffy puisse répondre, il sourit et, sans le lire, déchira en quatre le rapport du proviseur d'Emery.

— Bienvenue à Sunnydale, dit-il cordialement. Ici, nous vous offrons une chance de repartir de zéro. Le passé est le passé...

Son regard se posa alors sur un morceau du rapport, et il écarquilla les yeux.

— Ouah ! Euh... (Il se reprit.) Où en étais-je ? Ah oui. À Sunnydale, nous ne voulons pas seulement de bons étudiants ; nous tentons de faire de nos élèves des jeunes gens équilibrés...

Il arrangea les morceaux du rapport devant lui à la manière d'un puzzle.

— D'autres proviseurs pourraient se braquer sur l'incroyable déclin de vos résultats, continua-t-il. Moi, je m'efforce de comprendre l'être humain dont la moyenne décline incroyablement. D'autres proviseurs pourraient s'inquiéter à cause des bagarres auxquelles vous avez participé...

— Monsieur Flutie... coupa Buffy.

— Les élèves de Sunnydale peuvent m'appeler Bob.

— Bob...

— Mais ils ne le font jamais.

Le proviseur ouvrit un tiroir et en sortit un rouleau de Scotch avec lequel il reconstitua le rapport.

— Monsieur Flutie, je sais que j'ai des antécédents quelque peu... inhabituels, mais...

— Ne vous en faites pas pour ça. Cela dit, « inhabituels » me semble un peu faible. « Catastrophiques » serait plus approprié.

— Je n'ai rien fait de si terrible, protesta Buffy.

M. Flutie la dévisagea.

— Vous avez tout de même mis le feu au gymnase d'Emery.

La jeune fille frémit à ce souvenir.

— C'est vrai, mais je n'avais pas le choix. Il était plein de vampi...

Elle préféra taire la suite.

— Buffy... Dans un autre lycée, on vous dirait sans doute : « J'espère que vous filerez droit », ou : « Je vous tiendrai à l'œil », ou encore : « Si vous approchez à moins de cent mètres du gymnase avec une boîte d'allumettes dans la poche, vous achèverez vos études dans une maison de correction. »

Mais ça ne se passe pas comme ça ici. Nous souhaitons satisfaire vos désirs et vous aider à respecter les nôtres. Si les deux ne correspondent pas…

Avec un sourire, il glissa le rapport rapiécé dans le dossier de Buffy, qu'il referma violemment du plat de la main. La jeune fille sursauta et se mordit la lèvre.

En sortant du bureau de M. Flutie, elle se sentait déprimée. Elle s'arrêta au milieu du couloir pour chercher son emploi du temps, mais un étudiant distrait la bouscula. Elle lâcha son sac, dont le contenu se répandit sur le sol.

Buffy s'agenouilla pour ramasser ses affaires sous le regard intrigué d'Alex qui avait assisté à l'incident. Il s'approcha d'elle pour lui prêter main-forte.

— Puis-je t'inviter… Je veux dire, puis-je t'aider ? corrigea-t-il.

— Volontiers, merci.

Il rassembla les cahiers et les stylos, puis les lui tendit.

— Je ne crois pas qu'on se connaisse.

— Je suis nouvelle à Sunnydale. Je m'appelle Buffy.

— Moi, c'est Alex. Salut.

— Merci pour le coup de main.

— On se reverra sûrement. Au moins ici, puisqu'on y suit des cours tous les deux, précisa-t-il.

— Super. Ravie de t'avoir rencontré, déclara distraitement Buffy.

Elle fourra ses affaires dans son sac et s'éloigna à grands pas.

— « Au moins ici, puisqu'on y suit des cours tous les deux », marmonna Alex en secouant la tête. Difficile de faire plus banal.

Puis il remarqua un objet qui avait roulé sous un casier. Sans réfléchir, il se baissa pour le ramasser.

— Hé, Buffy ! Tu as oublié ton…

Il baissa les yeux vers le morceau de bois qu'il tenait.

— … ton pieu, acheva-t-il, ahuri.

Mais la jeune fille était déjà trop loin pour l'entendre.

2

Assise au fond de la salle de cours, Buffy prenait des notes. Elle s'efforçait de ne pas perdre le fil, mais la voix monotone de son professeur d'histoire ne l'y aidait guère.

— On estime que vingt-cinq millions de personnes sont mortes en l'espace de quatre ans. La Peste Noire est originaire d'Europe. Les généraux se servaient d'elle comme d'une arme biologique primitive.

« Elle est d'abord apparue en Asie, où l'armée kipchak catapultait des cadavres infestés dans les avant-postes génois. Très ingénieux, n'est-ce pas ? Si vous observez la carte de la page soixante-trois, vous verrez de quelle façon la maladie s'est répandue...

Les élèves ouvrirent leur manuel. Buffy n'en avait pas encore ; comme elle jetait un regard à la ronde, la fille du pupitre voisin se pencha vers elle. Elle était grande et belle. Visiblement pleine d'assurance, elle portait un pantalon moulant et une chemise transparente ; tous les garçons devaient se retourner sur son passage.

— Tiens, dit-elle en poussant son livre vers Buffy, suis avec moi.

— Merci, sourit Buffy.

— Qui peut me dire quels changements sociaux a entraînés cette épidémie meurtrière ? interrogea le professeur.

Buffy crut que le cours n'en finirait jamais. Quand la cloche sonna, sa voisine put enfin se présenter.

— Je m'appelle Cordélia.

— Et moi, Buffy.

— Si tu as besoin d'un manuel, ils doivent en avoir à la bibliothèque.

— Où se trouve-t-elle ?

— Je vais te montrer.

Les deux filles sortirent dans le couloir plein d'étudiants. Cordélia jeta à Buffy un regard chargé de curiosité.

— On t'a transférée d'Emery à Los Angeles ?

— Oui.

— Quelle chance, soupira Cordélia. Je ferais un malheur pour vivre à L.A. Une ville où il y a cinq magasins de chaussures par habitant... Pourquoi es-tu venue ici ?

— Parce que ma mère voulait déménager. Elle ne m'a pas demandé mon avis, dit Buffy.

— Tu devrais te plaire à Sunnydale, la rassura Cordélia. Si tu traînes un peu avec mes amis et moi, tu ne tarderas pas à te faire accepter. Mais avant, il va falloir qu'on te teste pour savoir si tu es assez cool. Comme tu viens de Los Angeles, je te dispense des épreuves écrites. Commençons tout de suite. Le vernis noir ?

Buffy hésita.

— Démodé.

— *Ultra*-démodé, tu veux dire. Madonna ?

— Complètement ringarde.

— Les capuccinos ?

— C'est ce que boivent toutes les stars en ce moment.

— Tom Cruise ?

— Relégué au fond d'un placard par Brad Pitt... Mais il n'était pas mal dans *Entretien avec un vampire*, ajouta Buffy.

Cordélia hocha la tête.

— Bon, tu ne t'en es pas trop mal sortie.

— Ouf! Je suis soulagée! plaisanta Buffy, en poussant un soupir exagéré.

Elles s'arrêtèrent devant une fontaine près de laquelle se tenait une fille. Cordélia haussa un sourcil parfaitement épilé.

— Jolie robe, Willow. Ravie de voir que tu as découvert les grandes surfaces.

— En fait, c'est ma mère qui l'a choisie, répondit Willow.

— Pas étonnant que tous les mecs du lycée soient fous de toi, railla Cordélia. Tu as fini de boire?

— Oh! Pardon.

Willow s'écarta vivement pour laisser la place à sa camarade. Celle-ci se tourna vers Buffy.

— Si tu veux t'intégrer ici, la première chose à faire, c'est de repérer les minables. Quand tu pourras les identifier à dix mètres, tu auras beaucoup moins de mal à les éviter.

Elle se pencha pour boire. Mal à l'aise, Buffy regarda Willow s'éloigner, puis suivit Cordélia jusqu'à la bibliothèque.

— Et si tu n'as pas trop de boulot, tu devrais venir au *Bronze* ce soir, suggéra sa nouvelle amie.

— Où ça ?

— Au *Bronze*. C'est le seul club potable dans les environs. Ils laissent entrer n'importe qui, mais ça vaut quand même le coup. Ça se trouve dans les mauvais quartiers.

— C'est-à-dire ?

— À environ cent mètres des beaux quartiers. La ville n'est pas bien grande ; tu ne tarderas pas à t'en apercevoir.

Elles s'arrêtèrent devant la porte de la bibliothèque.

— J'essaierai de venir, promit Buffy. Et encore merci.

— Parfait. On se verra pendant le cours de gym. Tu me raconteras ta vie. Je veux absolument tout savoir ! s'exclama Cordélia en partant.

Légèrement décontenancée, Buffy s'autorisa un sourire ironique.

— Ma pauvre vieille, si tu savais...

L'élégance de la bibliothèque la surprit : panneaux de bois foncé, reflet du soleil sur le parquet ciré, étagères à perte de vue. Un escalier conduisait à un second niveau également bourré de livres. Avec sa grande table de chêne et ses petites lampes individuelles, l'endroit évoquait irrésistiblement l'Angleterre du XIXe siècle.

Il semblait n'y avoir personne. S'approchant du bureau des inscriptions, Buffy remarqua le journal local qui était posé dessus. On avait entouré de rouge un article en première page. « TROIS JEUNES GENS DISPARUS », clamait le titre.

— Bonjour ! lança Buffy. Il y a quelqu'un ?

Sentant une main se poser sur son épaule, elle sursauta et se retourna.

— Puis-je vous aider ? demanda poliment un homme à l'accent anglais.

Son regard avait une étrange intensité.

— Euh... Je suis venue chercher des livres, dit Buffy platement. Je suis nouvelle à Sunnydale.

— Mlle Summers, je présume ?

— Exact.

— Je suis M. Giles, le bibliothécaire.

Buffy le détailla. Il était grand et mince, vêtu avec une élégance un peu vieillotte : un costume de tweed, une chemise à fines rayures et une cravate. Derrière ses lunettes rondes à monture métallique, il la regardait avec gentillesse.

— Super. Alors, vous avez… ?

— Je sais ce que vous cherchez.

Le bibliothécaire passa derrière le comptoir des inscriptions, et sortit un gros volume relié de cuir qu'il poussa vers la jeune fille. Un seul mot se détachait sur la couverture : VAMPIRE. C'était le livre de son cauchemar.

Buffy s'empourpra. Sans quitter l'homme du regard, elle recula.

— Vous vous trompez, dit-elle d'une voix tendue.

— En êtes-vous certaine ? répliqua calmement Giles.

— Oui.

Le bibliothécaire hésita et replaça le livre sous le comptoir.

— Désolé. Alors, de quoi aviez-vous… ?

Il leva la tête, mais la pièce était vide.

Buffy avait disparu.

En sortant de la bibliothèque, Buffy surprit, dans le vestiaire, une conversation entre deux élèves.

— La nouvelle ? Elle a l'air un peu bizarre, grogna une fille. Rien que ce prénom, Buffy... C'est ridicule, tu ne trouves pas ?

La jeune fille n'eut pas le temps de répondre.

— Aphrodésia ! l'appela une de ses amies.

— Oh ! Salut, Aura, répondit cette dernière distraitement.

La fille s'immisça aussitôt dans la conversation.

— Il paraît qu'elle s'est fait virer de son ancien bahut ; c'est pour ça que sa mère a dû déménager.

— Ce n'est pas ce que j'ai entendu à la cafétéria, dit Aphrodésia.

— Mais si ! Elle n'arrêtait pas de se bagarrer, insista Aura.

— N'importe quoi !

— Je le tiens de Blue, lâcha Aura en pliant ses vêtements. Elle a vu le rapport de...

Aura n'eut pas le temps de finir sa phrase. Alors qu'elle ouvrait son placard, le cadavre d'un adolescent lui tomba dessus. Aphrodésia poussa un hurlement. Le mort avait les yeux grands ouverts et une grimace horrible déformait ses traits.

Aucune des filles ne le connaissait. Elles ne pouvaient deviner qu'il s'agissait d'un ancien élève de Sunnydale qui s'était introduit dans le lycée la veille, avec l'intention romantique d'emmener sa petite amie sur le toit du gymnase.

3

Willow examina ce que sa mère lui avait préparé pour déjeuner. Comme d'habitude, des choses saines et terriblement ennuyeuses... Elle était tellement absorbée qu'elle ne vit pas Buffy approcher.

— Rebonjour ! Tu t'appelles Willow, n'est-ce pas ?

La jeune fille sursauta et tourna la tête.

— Oui. Pourquoi ? demanda-t-elle, méfiante.

Puis elle se souvint qu'elle avait déjà vu son interlocutrice en compagnie de Cordélia :

— Tu veux que je me pousse, c'est ça ?

— Non, il y a assez de place pour nous deux, répondit Buffy. Cela dit, j'ai quand même un service à te demander...

— Je croyais que tu copinais avec Cordélia, rétorqua Willow en fronçant les sourcils.

— Et alors ? Je ne peux pas vous fréquenter toutes les deux ?

— Pas vraiment, non.

— Écoute, expliqua Buffy. Cordélia s'est montrée très sympa… avec moi, du moins. Mais je ne veux pas rater mon année, et on m'a dit que tu pouvais m'aider à rattraper mon retard.

Le visage de Willow s'éclaira.

— Oh, bien sûr ! Si tu n'as pas cours de trois à quatre, on pourrait se retrouver à la bibliothèque…

— J'aime mieux pas, répondit Buffy. Je préférerais un endroit plus animé. Celui-là me file les chocottes.

— Comme à la plupart des élèves, sourit Willow. Mais moi, j'adore. Il y a vraiment tous les livres qu'on veut, et le nouveau bibliothécaire a l'air cool.

— Nouveau ? répéta Buffy.

— Oui, il vient d'arriver, confirma Willow. Avant, il était conservateur d'un musée anglais, je crois. Il sait absolument tout, et il a apporté avec lui un tas de biographies et de bouquins d'histoire... (Elle rougit.) Tu dois me trouver très ennuyeuse.

— Pas du tout.

Au même moment, les deux filles virent Alex, en compagnie d'un garçon, se diriger vers elles.

— Salut. Vous êtes occupées ? lança Alex. On peut vous interrompre ? Non, ne répondez pas : je sens que vous en serez ravies.

— Salut, sourit Buffy.

— Buffy, je te présente Jesse, intervint Willow. Et voici Alex.

— Enchantée de vous connaître... enfin, je crois.

— On voulait te souhaiter la bienvenue, pour que tu te sentes à Sunnydale comme chez toi, dit galamment Jesse. À moins que ton chez-toi soit une vieille baraque pleine de toiles d'araignée.

— Je dois aussi te rendre ceci, intervint Alex, en sortant de son sac le pieu que Buffy avait laissé tomber. Même si je ne vois pas trop ce que tu peux en faire, à part construire une barrière.

— Oh, euh… C'est pour me défendre, improvisa Buffy. Tout le monde en a à Los Angeles. Les bombes de gaz lacrymogène sont terriblement dépassées.

Peu convaincu, Alex hocha néanmoins la tête.

— Alors, dis-nous… Où traînes-tu, que fais-tu de ton temps libre ? Je veux tout savoir.

— Surtout les plus noirs de tes secrets, suggéra Jesse. Avec un peu de chance, on en fera un best-seller.

— Décidément, soupira Buffy, tout le monde veut que je raconte ma vie. Je suis flattée.

— Eh bien, il ne se passe pas grand-chose dans une ville qui a un seul cinoche, confessa Alex. Tu es la dernière nouveauté en date.

— Je n'ai rien d'extraordinaire, tu peux me croire, mentit Buffy.

— Ces minables t'embêtent ? intervint Cordélia, apparaissant soudain derrière Jesse.

— Pas du tout ! protesta Buffy, surprise.

Jesse dévorait Cordélia du regard.

— Salut, dit-il en lui décochant son plus beau sourire.

La jeune fille leva les yeux au ciel puis s'adressa à Buffy.

— Je dois t'annoncer que le cours de gym est annulé. Tu n'auras pas le plaisir de rencontrer Mme Foster. Tout ça à cause du mort qu'on a trouvé dans les vestiaires.

Buffy écarquilla les yeux.

— Pardon ?

— De quoi tu parles ? renchérit Willow, alarmée.

— Un cadavre était rangé dans le placard d'Aura, expliqua Cordélia, dédaigneuse.

— Un mort, murmura Buffy.

4

En se rendant dans les vestiaires des filles, Buffy croisa M. Flutie.

— Buffy ! s'exclama-t-il, que faites-vous ici ?

— Euh… Je voulais juste savoir s'il y avait vraiment un type mort ici, répondit la jeune fille en s'efforçant de prendre un ton détaché.

— Qui vous a raconté ça ? s'enquit M. Flutie avec un peu trop d'empressement. Bon, c'est vrai. Mais il ne faisait pas… plus partie de nos étudiants.

— Savez-vous de quoi il est mort ?

— Pardon ?

— Je veux dire, bafouilla Buffy, comment une chose pareille a-t-elle pu se produire ?

— Ça, ce sera à la police de le déterminer quand elle arrivera, déclara M. Flutie.

— Y avait-il beaucoup de sang? ne put s'empêcher de demander Buffy. Ou même un peu ?

M. Flutie la dévisagea longuement.

— Jeune fille, je ne pense pas qu'il soit très sage de vous impliquer dans ce genre d'affaire...

— Je n'en ai pas l'intention, le rassura Buffy. Je voudrais juste jeter un coup d'œil.

— ... à moins que vous ne le soyez déjà, reprit M. Flutie, poursuivant son raisonnement.

Il jeta à l'adolescente un regard soupçonneux, mais elle se contenta de secouer la tête.

— Vous faites fausse route.

— Buffy, soupira le principal, je comprends que vous vous sentiez désorientée. Vous devez éprouver en ce moment beaucoup d'émotions contradictoires. Je pense que vous devriez en parler à quelqu'un. Enfin, à quelqu'un d'*autre*.

Buffy lui adressa un sourire sans joie. Puis elle fit demi-tour et battit en retraite.

Mais elle n'avait pas l'intention de laisser tomber si facilement. À grands pas, elle fit le tour du gymnase, et n'eut pas de mal à trouver la seconde issue du vestiaire. Elle saisit la poignée et la tourna, mais la porte était verrouillée de l'intérieur.

Buffy jeta un regard autour d'elle pour s'assurer qu'elle était seule. Puis, d'un geste vif et sec, elle tira sur la poignée. Le verrou sauta, et la porte s'ouvrit. Elle pénétra dans le vestiaire.

La première chose qu'elle vit fut le cadavre, allongé sur le sol et dissimulé sous une couverture. Elle s'en approcha d'un pas hésitant. Lentement, elle souleva un coin de la couverture. Une grimace déforma ses traits.

Sur le cou du cadavre se détachaient deux marques de dents.

Buffy, exaspérée, fonça vers la bibliothèque.

— Bon, que se passe-t-il, ici ? demanda-t-elle en pénétrant dans la salle.

Giles était plongé dans un bouquin qui semblait le captiver.

— De quoi parlez-vous ? fit-il en levant la tête.

— Vous savez qu'on a retrouvé un type mort dans les vestiaires des filles, n'est-ce pas ? attaqua Buffy.

— Oui.

— Comme par hasard, il a deux petits trous dans le cou et plus une goutte de sang dans le corps. Quelle coïncidence ! Je parie que ça vous en bouche un coin !

Giles poussa un soupir.

— Je m'y attendais...

— Pas moi ! explosa Buffy. C'est mon premier jour à Sunnydale ! Je craignais d'être en retard par rapport aux autres élèves, de ne pas réussir à me faire d'amis, d'avoir une coiffure démodée. Mais je ne pensais pas qu'il y aurait des vampires ! Et, à vrai dire, je m'en fiche complètement.

— Dans ce cas, qu'êtes-vous venue faire ici ?

— Vous dire que je m'en fiche complètement ! claironna-t-elle. Et puisque c'est fait... au revoir.

Vexée par le sourire ironique de Giles, elle s'enfuit vers la sortie.

— Se relèvera-t-il ? demanda le bibliothécaire.

Buffy s'immobilisa.

— Qui ça ?

— Le garçon.

— Non, il est juste mort.

— Vous en êtes sûre ?

L'adolescente acquiesça.

— Pour devenir un vampire, il faut qu'un monstre boive votre sang, puis que vous buviez le sien. La plupart du temps, ces monstres se contentent de vous vider et de vous laisser sur le carreau... Pourquoi suis-je encore en train de vous raconter ça ?

— Vous n'avez aucune idée de ce qui se prépare, n'est-ce pas ? lança Giles d'une voix tendue. Pensez-vous que votre venue ici relève d'une coïncidence ? Ce garçon n'est que la première victime d'une longue série.

Buffy secoua la tête.

— Je veux juste qu'on me fiche la paix ! Pourquoi est-ce si difficile à comprendre ?

— Parce que vous êtes la Tueuse.

Elle se fit violence pour ne pas rembarrer son interlocuteur. L'air solennel, Giles poursuivit :

— Dans chaque génération naît une Tueuse. Une seule fille dans le monde entier, une Élue possédant...

La voix de Buffy se joignit à la sienne.

— ... la force et les capacités de traquer les vampires...

Giles se tut, laissant l'adolescente achever :

— ... de les empêcher de répandre le mal et blablabla. Je connais le refrain par cœur ! cracha Buffy.

Giles eut l'air troublé. Il choisit plusieurs livres à divers endroits des rayonnages.

— Je ne comprends pas votre attitude. Vous avez accepté votre mission et éliminé de nombreux vampires...

— Oui, et j'en ai par-dessus la tête ! J'ai envie de vivre autre chose.

Le bibliothécaire se mordit la lèvre inférieure, puis demanda :

— Que savez-vous de cette ville ?

— Elle se trouve à deux heures de voiture de Neiman Marcus, répondit Buffy, boudeuse.

— Si vous étudiez l'histoire de Sunnydale, vous vous apercevrez que d'étranges événements s'y sont produits. Je pense que la ville a été construite sur un centre d'énergie mystique, et que les créatures des ténèbres y sont attirées malgré elles.

Il portait maintenant une pile de livres.

— Les vampires, par exemple, suggéra Buffy.

Elle s'apprêtait à partir, mais Giles saisit l'ouvrage posé au sommet de la pile et le lui tendit. Le livre ressemblait à celui qu'il avait voulu lui donner lors de sa première visite.

— Ou les loups-garous, les zombies, les diables en tous genres, récita-t-il. Tous les monstres qu'on redoute de trouver sous son lit quand on est enfant.

— Ne me dites pas que vous vous êtes abonné à *Sorcellerie Magazine* ?

Giles eut l'air un peu embarrassé.

— Super ! (Buffy se raidit.) D'accord, je suis une tueuse de vampires, dit-elle. Mais j'ai décidé de prendre ma retraite. Puisque la place est libre, pourquoi vous ne vous y collez pas ?

— Je suis un Gardien, protesta le bibliothécaire, surpris. Je ne saurais pas.

— Allons, ce n'est pas si difficile, l'encouragea Buffy. Un pieu dans le cœur, un peu de soleil... On s'y fait très vite.

— La Tueuse tue, expliqua patiemment Giles. Le Gardien...

— Garde ? suggéra Buffy, moqueuse.

— Oui. Non ! Il... il l'entraîne, il la prépare à...

— À quoi ? À se faire expulser du lycée ? À perdre tous ses amis ? À devoir lutter sans cesse pour sa vie, sans pouvoir en parler à ses amis pour ne pas les mettre en danger ? Allez-y, le défia-t-elle. Préparez-moi à ça !

Déterminée, elle fit demi-tour et sortit de la bibliothèque. Giles s'élança dans le couloir pour la rattraper. Tous deux ne remarquèrent pas une silhouette tapie dans l'ombre.

Sortant lentement de sa cachette, Alex arborait une mimique où se lisait un mélange d'excitation et d'incrédulité.

Il baissa les yeux vers l'exemplaire de *Théories trigonométriques* qu'il tenait, puis regarda la porte de la bibliothèque. Ses lèvres remuèrent, mais aucun son n'en sortit. Enfin, sa voix résonna dans le silence.

— *Quoi ?*

Giles suivait Buffy dans le couloir grouillant d'élèves.

— Ça empire ! cria-t-il derrière elle.

Elle s'arrêta et fit volte-face.

— Qu'est-ce qui empire ? demanda-t-elle à voix basse.

— L'afflux de morts-vivants, répondit Giles en l'entraînant vers le mur. Les manifestations surnaturelles. Elles ont commencé il y a des siècles, mais... ce n'est pas une coïncidence que vous soyez ici en ce moment.

— En effet : j'y suis parce que ma mère a choisi de déménager, répliqua Buffy, sarcastique.

Elle voulut s'éloigner, mais Giles lui saisit le bras pour la retenir.

— Quelque chose est sur le point de se produire à Sunnydale, insista-t-il. Ça ne devrait plus tarder.

Buffy se dégagea.

— Vous pourriez préciser ?

Giles baissa encore la voix, forçant Buffy à tendre l'oreille.

— Pour ce que j'en sais, tous les signes indiquent qu'un événement maléfique aura lieu d'ici quelques jours.

Buffy plissa les yeux.

— Je serais étonnée qu'un événement, quel qu'il soit, se produise dans une ville aussi calme que Sunnydale.

5

La nuit était tombée. Des ombres glissaient sur les murs humides et lézardés, s'infiltraient dans les crevasses, se tapissaient dans les coins ou enveloppaient les statues, gardiennes sans âme de la mort et de la pourriture.

Les silhouettes humaines agenouillées sur le sol, tête baissée en signe de supplication, ressemblaient à ces statues. Une mélodie sourde s'élevait et retombait autour d'elles, se répercutant contre les parois de la salle.

Luke se tenait à l'écart des autres, car son rang le lui permettait. Même à genoux, il restait imposant avec sa haute taille, ses larges épaules et ses bras musclés. Il avait une bouche charnue et le front bas. Ses narines frémissaient, ses yeux en amande étaient envoûtants.

Un observateur non averti l'aurait pris pour un jeune homme d'une vingtaine d'années. En réalité, Luke était beaucoup plus vieux que ça. Ses vêtements semblaient dater d'une époque très ancienne.

Les sens en alerte, il écoutait.

Le chant s'amplifia, se fit plus intense. Luke observa la surface immobile d'une flaque écarlate. Une flaque de sang.

— Le dormeur va se réveiller, annonça-t-il.

Sa voix était grave et sonore ; son haleine sentait le cadavre pourrissant et la terre fraîchement retournée. Il avait un visage de vampire.

— Le dormeur va se réveiller, répéta-t-il, et le monde saignera.

Il plongea un doigt dans le liquide poisseux.

— Amen.

Tandis qu'un souffle invisible agitait follement les flammes des bougies, les ruines alentour s'illuminèrent.

Les ruines d'une église enfouie sous terre depuis des siècles. Au plafond, des arches et des poutres brisées formaient d'étranges angles.

Le sang coulait lentement d'une haute table qui avait dû être un autel.

Les fidèles reprirent en chœur leur mélodie, emplissant la pièce de leur dévotion et de leur désespoir. Puis ils attendirent.

6

Debout face à son miroir, Buffy se demandait ce qu'elle allait pouvoir porter ce soir-là. Elle plaqua contre son corps une tenue vraiment légère et apostropha son reflet :

— Bonjour ! J'adore danser !

Non. Ça n'allait pas du tout. Elle choisit un second ensemble beaucoup plus sobre, répéta la manœuvre, et grimaça.

— Bonsoir ! J'aime passer mes soirées à tricoter au coin du feu !

Ça n'allait pas non plus. Frustrée, Buffy jeta à terre les deux tenues.

— Dire que je m'habillais si bien autrefois, grommela-t-elle tandis que sa mère entrait dans sa chambre.

— Tu sors, ma chérie ? s'enquit Joyce.

— Oui. Je vais dans un club.

— Y aura-t-il des garçons ?

— Bien sûr que non ! s'indigna faussement Buffy. C'est un club réservé aux jeunes filles.

Sa mère sourit.

— Tâche d'être prudente.

— Promis.

Buffy sentait venir une conversation sérieuse. Mal à l'aise, Joyce se lança enfin.

— Tu sais, je crois que ça pourrait marcher ici, déclara-t-elle très vite. Je sens bouillonner mon énergie créatrice. Je pense avoir trouvé un local pour la galerie.

— Super ! répondit Buffy, en s'efforçant de se montrer enthousiaste.

— Et ce lycée sera idéal pour toi.

— Maman…

— Je sais, je sais. Tu as seize ans et mes inquiétudes de mère poule te passent au-dessus de la tête. (Joyce eut l'air hésitante.) Pour moi aussi, il est difficile de tout recommencer dans une nouvelle ville. Je veux que ça se passe bien, tu comprends ? Je suis déterminée à faire tout mon possible.

— Je sais.

— J'ai confiance en toi, Buffy. Mais tes fréquentations étaient discutables. Enfin, c'est du passé, maintenant.

— Ça, oui ! répondit l'adolescente. À partir d'aujourd'hui, je ne traînerai plus qu'avec des vivants… je veux dire, des jeunes pleins de vie.

Joyce sembla soulagée.

— Parfait. Amuse-toi bien.

Finalement, Buffy opta pour un pantalon moulant et un chemisier bleu ouvert sur un body. Puis elle releva ses cheveux et décida de se rendre à pied jusqu'au *Bronze*.

Laissant derrière elle les boulevards bien éclairés des beaux quartiers, elle s'engagea dans les rues désertes du faubourg. Devant elle, le trottoir s'étendait à perte de vue, envahi par les ombres, et le bruit de ses pas résonnait sinistrement dans l'obscurité.

Buffy n'arrivait pas à chasser de son esprit les événements de la journée. Perdue dans ses pensées, elle continua à marcher jusqu'à ce qu'elle s'aperçoive qu'elle n'était pas seule.

D'autres pas retentissaient derrière elle.

Buffy fit volte-face. Une silhouette immobile et enveloppée de ténèbres se tenait un peu plus loin.

Bien que Buffy ne puisse voir son visage, elle eut l'impression que l'inconnu la regardait. Mal à l'aise, elle se détourna pour poursuivre son chemin.

L'autre lui emboîta le pas sans se presser.

Buffy accéléra. Sur une impulsion, elle plongea dans une ruelle et évalua du regard le décor qui l'entourait. À trois mètres au-dessus de la chaussée, elle vit un énorme tuyau. L'extrémité de la ruelle était bloquée par un amoncellement d'ordures.

La jeune fille entendait l'inconnu se rapprocher sans hâte. Elle sauta, agrippa le tuyau des deux mains et effectua un rétablissement impeccable. Puis elle s'accroupit pour attendre son poursuivant.

Dès que ce dernier eut pénétré dans la ruelle, Buffy lui sauta dessus sans crier gare. Elle lui passa ses jambes autour du corps et, se jetant en arrière, fit un roulé-boulé en l'entraînant dans sa chute.

L'homme se releva aussitôt et leva une main en signe d'apaisement.

— Vous avez un problème, mademoiselle ? demanda-t-il.

Il semblait amusé par la situation. Buffy plissa les yeux et, soupçonneuse, le détailla de la tête aux pieds.

L'homme était jeune et séduisant : grand et mince, avec des pommettes saillantes et d'épais cheveux noirs. Une lueur étrange brillait dans ses yeux profondément enfoncés dans leurs orbites. Plus que tout le reste, son assurance tranquille gênait Buffy, comme si l'inconnu savait des choses qu'elle ignorait encore.

— Oui, il y a un problème, répliqua Buffy. Pourquoi me suivez-vous ?

— Je sais à quoi vous pensez, mais ne vous inquiétez pas, déclara l'homme d'une voix neutre. Je ne mords pas.

Ce n'était pas du tout le genre de réponse que Buffy attendait. Perplexe, elle fit un pas en arrière.

— À vrai dire, je croyais que vous seriez plus grande, reprit l'homme. Plus musclée. Mais je dois reconnaître que vous êtes sacrément efficace.

— Que voulez-vous ?

— La même chose que vous.

— C'est-à-dire ?

Il redevint sérieux.

— Les tuer tous.

Buffy tenta de cacher sa surprise.

— Désolée ! annonça-t-elle en prenant la voix et le ton d'une animatrice de jeu télévisé. Ce n'est pas la bonne réponse, mais vous gagnez cette adorable montre et votre poids en chocolat. Ce que je veux, ajouta-t-elle, c'est qu'on me fiche la paix.

L'homme la fixa intensément.

— Croyez-vous que vous ayez encore le choix ? Vous vous tenez sur la Bouche de l'Enfer, et elle est sur le point de s'ouvrir.

Lentement, il plongea une main dans son pardessus et en sortit ce qui ressemblait à un écrin.

— Ne tournez pas le dos à vos obligations, dit-il en lançant la petite boîte à Buffy. Vous devez vous tenir prête.

— Prête pour quoi ?

— Pour la Moisson.

L'homme se détourna et fit mine de rebrousser chemin. Buffy le rappela.

— Vous ne m'avez pas dit qui vous étiez.

— Un ami, répondit-il calmement.

— Et si je ne veux pas d'ami ? rétorqua-t-elle, exaspérée.

Il eut un sourire ironique.

— Je n'ai pas prétendu que j'étais le vôtre.

Buffy le regarda s'éloigner et vit son ombre se fondre dans l'obscurité de l'avenue.

Elle ouvrit la boîte. À l'intérieur reposait une croix. Toute petite et très ancienne, elle était attachée à une longue chaîne en argent.

7

Une queue impressionnante s'étendait sur le trottoir, devant le *Bronze*.

Ce n'était pas un club chic, constata aussitôt Buffy, mais ça ne lui déplaisait pas. Le bâtiment gothique, un peu décrépit, faisait un plaisant contraste avec la foule de lycéens et d'étudiants vêtus à la dernière mode qui se pressaient pour y entrer.

Ici, personne ne vous soumettait à un questionnaire pour déterminer si vous étiez cool : il suffisait de payer quatre dollars pour avoir le droit d'entrer et se faire tamponner la main si on était assez âgé pour boire de l'alcool.

Buffy chercha du regard un visage familier. Sans succès.

Le *Bronze* était bruyant, enfumé et bondé. Un groupe de musiciens se déchaînaient sur la scène, mais la foule semblait plutôt bon enfant.

Buffy se fraya un chemin parmi les amateurs de musique, toujours à la recherche de quelqu'un qu'elle connaissait... Cordélia, par exemple.

Finalement, elle repéra Willow, assise au comptoir. La jeune fille commandait timidement un soda ; Buffy se hâta de la rejoindre.

— Salut ! sourit-elle.

— Oh ! Salut ! répondit Willow, l'air à la fois surprise, contente... et complètement à côté de ses pompes avec son chemisier boutonné jusqu'au cou et son gros pull.

— Tu es venue avec quelqu'un ? demanda Buffy.

— Non. (Willow rougit.) Je pensais qu'Alex serait là...

— Vous sortez ensemble ?

Willow secoua la tête.

— Plus maintenant, on a rompu.

— Pourquoi ?

— Il m'avait volé ma Barbie. (Alors que Buffy fronçait les sourcils, Willow expliqua :) On avait cinq ans.

— Je vois.

— Ça fait un moment que je n'ai pas eu de petit ami, soupira Willow.

— Pourquoi ça ?

Willow grimaça.

— Chaque fois que je suis avec un garçon, je ne trouve rien de cool ou de marrant à raconter. J'arrive à bafouiller quelques mots, et ça s'arrête là.

Buffy ne put s'empêcher de rire.

— Ce n'est pas si terrible.

— Si. Les garçons préfèrent les filles capables de terminer une phrase.

— Si tu crois ça, ça fait vraiment un bail que tu n'as pas eu de petit ami.

— C'est facile, pour toi, de dire ça, murmura Willow sur un ton de reproche. Tu ne dois pas avoir de mal à te trouver quelqu'un.

— Ah oui ? grogna Buffy.

— Tu n'as pas l'air trop timide. Et tu sais t'habiller.

— C'est à cause de ma philosophie. Tu veux que je t'explique ?

— Volontiers.

— La vie est courte.

Willow haussa les sourcils.

— « La vie est courte », répéta-t-elle.

Buffy soupira.

— Rien de très original, je te l'accorde. Mais pourquoi perdre du temps à être timide ? Pourquoi te demander si un type ne va pas te rire au nez ? C'est de l'énergie gaspillée. Profite du moment présent, parce que, demain, tu seras peut-être morte.

Willow eut un sourire crispé.

— Je vois.

Buffy balaya la foule du regard. Apercevant un homme accoudé à la rambarde de la mezzanine, au-dessus d'elle, elle se renfrogna.

— Je reviens dans une minute, promit-elle.

— Ça va, lui assura Willow. Je m'en sortirai toute seule.

Buffy sourit et secoua la tête.

— J'ai dit : Je reviens dans une minute.

Elle ignorait si Willow l'avait entendue ou non. Quand elle plongea à nouveau dans la foule, la jeune fille, tête baissée, répétait d'un air pensif : « Profite du moment présent… »

Buffy monta jusqu'à la mezzanine et se faufila le long de la rambarde. L'air nonchalant, elle s'y accouda sans jeter un regard à Giles.

— Alors vous aimez faire la fête avec les lycéens, plaisanta Buffy. Vous n'êtes pas un peu vieux pour ça ?

— Si vous croyez que ça m'amuse de regarder se déhancher des gamins déguisés en clowns ! Je préférerais être chez moi avec un bon livre et une infusion, répondit sèchement Giles.

— Quel boute-en-train ! ricana Buffy en levant les yeux au ciel.

— Ce genre d'endroit est un parfait terrain de chasse pour les vampires, expliqua Giles. Il fait sombre, les gens se conduisent bizarrement… Et puis, je me doutais que vous viendriez. Vous devez comprendre que…

— … que la Moisson est proche, je sais. Votre ami me l'a déjà dit.

Giles fut pris au dépourvu. Étonné, il dévisagea Buffy.

— De quoi parlez-vous ?

— De la Moisson, répéta-t-elle plus lentement. J'espère que ça signifie quelque chose pour vous, parce que moi…

— Qui vous a dit ça ?

Buffy se remémora la confrontation dans la ruelle.

— Un type… grand, plutôt séduisant. Je pensais que vous le connaissiez.

— Non. La Moisson… marmonna-t-il. A-t-il ajouté autre chose ?

— Il a parlé de la Bouche de l'Enfer, je crois. Je ne me sentais pas à l'aise en sa présence.

Un moment, Buffy et Giles contemplèrent en silence les jeunes qui se trémoussaient sur la piste de danse.

— Regardez ça, soupira le bibliothécaire, agacé. Les innocents ! Ils n'ont pas conscience du danger qui les menace.

— Les bienheureux, corrigea Buffy.

— Vous avez peut-être raison. Il se peut que je m'inquiète pour rien et qu'aucun événement ne se prépare, concéda Giles. Après tout, vous n'avez pas encore eu de cauchemars…

Une ombre passa sur le visage de Buffy mais elle s'abstint de lui répondre.

8

Cordélia se tenait à distance de la foule qui s'agitait sur la piste de danse. Entourée de sa clique habituelle, elle affichait un air hautain.

— Ma mère ne daigne même plus sortir de son lit, annonça-t-elle, ennuyée. Le docteur prétend que c'est un problème de thyroïde. Je parierais que c'est plutôt une hépatite ou une dépression nerveuse.

Elle se raidit en voyant Jesse approcher. Sans se soucier des autres membres du groupe, le jeune homme se dirigea vers elle et lui sourit.

— Salut, Cordélia.

— Revoilà mon amoureux transi, soupira l'adolescente.

— Tu es très en beauté ce soir. Tu ne voudrais pas danser ?

— Avec toi ? demanda Cordélia, glaciale.

— Euh… oui, balbutia Jesse.

— Euh… non, le singea Cordélia.

Elle s'éloigna, entraînant sa cour derrière elle. Resté seul, Jesse se mordit les lèvres.

— Tant pis, soupira-t-il en rassemblant ce qui lui restait de dignité. Il y a des tas et des tas d'autres nanas qui rêvent de sortir avec moi. Il ne me reste plus qu'à en trouver une.

Il jeta un coup d'œil à la ronde et se mit résolument en chasse.

De la mezzanine, Buffy le regarda se mêler à la cohue. Elle était encore secouée par la remarque de Giles au sujet de ses cauchemars.

— Je n'ai pas dit que je ne tuerais jamais plus de vampires, déclara-t-elle. Mais je ne veux plus consacrer tout mon temps libre à les poursuivre. Évidemment, si l'un d'eux me tombe dessus…

— Mais serez-vous prête ? insista Giles. Vous ignorez beaucoup de choses sur leurs pouvoirs… et sur les vôtres. Tant qu'il ne se nourrit pas, un vampire ressemble à une personne normale. C'est pendant la chasse qu'il révèle son visage démoniaque...

— Vous êtes un véritable manuel sur pattes ! explosa Buffy. Je sais déjà tout ce que vous me racontez !

Giles choisit d'ignorer cet éclat.

— La Tueuse devrait être capable de les reconnaître au premier coup d'œil, sans avoir besoin de réfléchir ou d'observer. Pouvez-vous me dire s'il y a un vampire dans cet établissement ?

Buffy hésita.

— Peut-être...

— Vous devriez le savoir ! Malgré le bruit, la pénombre et la foule, vous devriez le sentir ! (Giles prit une inspiration, et sa voix se fit encourageante.) Essayez.

Buffy baissa les yeux vers la piste de danse et fronça les sourcils.

— Vous devez aiguiser vos perceptions, souffla Giles. Vous concentrer jusqu'à ce que l'énergie vous submerge, jusqu'à ce que vous ayez conscience de chaque particule...

— Il y en a un, dit très vite la jeune fille.

Giles s'interrompit et, sans s'affoler, jeta un coup d'œil par-dessus la rambarde.

— Où ça ?

Buffy tendit le doigt.

— Là-bas. En train de parler avec cette fille.

Dans un coin de la pièce, un jeune homme d'allure séduisante faisait la conversation à une adolescente qu'il cachait à demi.

Giles jeta à Buffy un regard dubitatif.

— Je croyais que vous ne saviez pas... commença-t-il.

— Regardez sa veste, coupa Buffy, il a relevé les manches. Et sa chemise !

Le bibliothécaire eut l'air perplexe.

— Elle est démodée ? avança-t-il, hésitant.

— Démodée ? Seule une personne ayant passé les dix dernières années sous terre pourrait sortir en boîte habillée comme ça !

— Mais... protesta Giles. Vous ne...

— Oh, non ! s'exclama Buffy.

Le vampire était toujours en train de parler avec la même fille. Alors qu'elle se levait pour le suivre, Buffy la reconnut.

— C'est Willow !

— Que fait-elle ? demanda Giles.

— Elle profite du moment présent, je suppose, lança Buffy par-dessus son épaule en se précipitant vers l'escalier.

Willow et le vampire se dirigeaient vers la porte des coulisses. Buffy descendit les marches en bousculant tout le monde et fendit la foule en direction de la scène. Mais quand elle arriva en bas Willow avait disparu. Inquiète, elle se dirigea vers la porte du fond. Plus elle approchait de la scène, plus la foule épaississait. Elle réussit néanmoins à se frayer un chemin et ouvrit la porte à la volée.

Les coulisses étaient désertes ; il y faisait froid et les sons semblaient étouffés.

Lentement, Buffy longea le mur de brique, tous les sens en alerte. Alors qu'elle passait devant une vieille chaise abandonnée, elle en détacha un pied et le brandit comme un pieu.

Après le brouhaha qui régnait à l'intérieur du club, le silence des coulisses lui paraissait menaçant. Enfin, la jeune fille trouva la sortie et fit quelques pas dans une ruelle obscure.

Elle ne s'attendait pas à ce que le vampire se tienne au coin de l'avenue.

Rapide comme l'éclair, elle saisit son adversaire par le col, le projeta contre le mur et le souleva cinquante centimètres au-dessus du sol.

Elle plongea son regard dans le sien… et réalisa qu'il ne s'agissait pas d'un vampire mais de… Cordélia.

— Oh, ce… c'est toi, bafouilla Buffy tandis que son amie, les pieds dans le vide, fronçait les sourcils.

— Ça va pas, la tête ! explosa Cordélia. Je te trouvais déjà bizarre, mais je n'avais encore rien vu !

Gênée, Buffy la reposa à terre et cacha discrètement le pieu dans son dos.

La bande de Cordélia n'était pas loin.

— Tu as dû être sacrément traumatisée dans ton enfance pour réagir comme ça ! railla Cordélia.

Buffy tenta de se reprendre. Elle se força à sourire et demanda sur un ton enjoué :

— Vous n'auriez pas vu Willow, par hasard ? Elle a dû passer par ici il y a une minute.

— Non, on vient juste de sortir. Écoute, je ne l'apprécie pas spécialement, mais de là à l'attaquer avec un bâton…

Rouge d'embarras, Buffy balbutia une excuse et battit en retraite. La clique de Cordélia la suivait du regard.

— Vous m'excuserez, il faut absolument que je raconte ça aux copains, déclara Cordélia en sortant un téléphone portable de son sac.

Buffy revint vers la porte de derrière et entra de nouveau dans le club. Elle ne tarda pas à repérer Giles qui l'attendait au pied de l'escalier, et alla aussitôt le rejoindre.

— Vous avez fait vite, constata le bibliothécaire, soulagé. Je ferais mieux de rentrer. Cette histoire de Moisson me…

— Je ne les ai pas trouvés, coupa Buffy, jetant un regard furieux dans la salle.

Giles la dévisagea comme s'il n'avait pas bien compris ce qu'elle venait de dire.

— Le vampire n'est pas mort?

— Non. Rentrez chez vous. Je m'occupe de ça.

— Je peux vous accompagner, proposa Giles.

— Ne vous inquiétez pas. Je me débrouillerai, répondit Buffy en s'enfonçant dans la foule.

Au passage, elle frôla Jesse sans lui prêter attention. Elle avait d'autres choses en tête, et le jeune homme était trop occupé à draguer une fille pour s'apercevoir de sa présence.

— Comment as-tu dit que tu t'appelais ? demandait-il.

Le visage de l'adolescente ne lui disait rien. Il était sûr de ne jamais l'avoir vue au lycée…

— Darla, répondit-elle en lui souriant.

Elle était vraiment jolie.

— Darla, répéta Jesse. Je ne crois pas qu'on se connaisse. Tu es du coin ?

— Non, mais j'ai de la famille à Sunnydale.

— Peut-être des cousins ou des cousines qui vont au même lycée que moi ?

Le sourire de Darla s'élargit, dévoilant de petites dents blanches nacrées comme des perles.

— Je ne pense pas.

9

Cloîtrés entre les murs pourrissants du sanctuaire, les fidèles continuaient leur incantation.

C'était un rituel aussi ancien que le mal lui-même. Lentement, toutes les voix caverneuses s'élevèrent comme une seule. La cérémonie atteindrait bientôt son paroxysme.

Près de l'autel, Luke se releva brusquement. Il resta immobile, les yeux écarquillés de ferveur, puis recula. Comme s'ils obéissaient à son signal, les autres fidèles l'imitèrent, la voix tremblante d'impatience.

Luke tendit les mains vers l'autel. Soudain, une tête jaillit de la flaque poisseuse. Le jeune homme sursauta et, incapable de détacher les yeux de ce spectacle, continua à reculer.

Quand la tête eut fini d'émerger, la silhouette élégante d'un roi endormi apparut ; son corps massif ruisselait de sang épais.

C'était le Maître. Le plus puissant des vampires. Né Heinrich Joseph Nest, six cents ans plus tôt, il était entièrement vêtu de noir et offrait un spectacle fascinant et répugnant.

Son visage ne ressemblait pas à celui d'un humain car il y avait longtemps que le démon avait chassé l'homme en lui. Le Maître était invincible. Il inspirait une soumission et une loyauté sans faille.

Il s'avança et tendit à Luke une main que celui-ci prit respectueusement.

Le visage du vampire était toujours à demi plongé dans les ténèbres. Luke lui céda le passage, tandis que le Maître regardait autour de lui.

— Luke…

— Maître ?

— Je suis faible.

— La Moisson vous restituera vos forces, promit le jeune homme.

— La Moisson…

— L'heure est presque venue. Bientôt, vous serez libre.

Le vampire pivota sur ses talons. Il tendit un bras et eut un geste vif. L'air ondula autour de lui, formant une sorte de barrière magique.

Sans un mot, il laissa retomber son bras.

— Je dois être prêt, déclara-t-il. J'ai besoin de tous mes pouvoirs.

— J'ai envoyé vos serviteurs chercher de la nourriture, le rassura Luke.

— Bien. Quelque chose de frais, j'espère.

10

Willow commençait à regretter d'avoir agi sur un coup de tête.

Tandis que son compagnon et elle marchaient dans les rues désertes, elle sentit augmenter sa nervosité. Le garçon n'avait pas prononcé dix mots depuis qu'ils étaient sortis du *Bronze*, et il avait quelque chose de bizarre qu'elle n'avait pas remarqué à l'intérieur à cause du bruit et de l'absence de lumière.

— Il fait sacrément noir, dit-elle, histoire de relancer la conversation.

— C'est la nuit, répondit froidement son compagnon.

— C'est vrai, approuva Willow. Il fait toujours noir, la nuit. Enfin… en général.

Une fois de plus, elle racontait n'importe quoi. Mais son malaise l'emportait sur sa timidité.

Ils continuèrent à marcher en silence. Puis la jeune fille prit de nouveau la parole.

— Je n'arrive pas à croire que je ne t'aie jamais vu au lycée. Tu as M. Chomsky en histoire ?

Il ne répondit pas mais s'arrêta brusquement. Willow jeta autour d'elle un regard incertain.

— Le glacier est par là, du côté de Hamilton Street, dit-elle en tendant un doigt.

Le garçon lui prit la main.

— Je connais un raccourci.

Puis il l'entraîna vers le cimetière, à travers les ténèbres des bois.

Buffy n'avait toujours pas retrouvé Willow. De plus en plus inquiète, elle fit le tour du club par-derrière et vit Alex descendre le trottoir, son skateboard coincé sous le bras.

— Tu t'en vas déjà ? demanda le jeune homme, déçu.

Buffy n'était pas d'humeur à se laisser distraire.

— Alex, as-tu vu Willow ?

— Pas ce soir.

— Il faut absolument que je la retrouve. Elle est partie avec un mec.

— Tu es sûre que nous parlons de la même personne ? s'enquit Alex, interloqué. Ouah ! Willow s'est dégoté un petit ami. J'aurai tout vu !

Ça, c'est ce que tu crois, faillit répondre Buffy. Mais elle n'avait pas de temps à perdre en bavardages.

— Où ont-ils pu aller ?

— Pourquoi, tu sais quelque chose au sujet de ce type ? (Alex porta une main à son front et fit mine de réfléchir intensément.) Je sais ! s'exclama-t-il en claquant des doigts. C'est un vampire, et il faut que tu le tues !

Cette fois, il réussit à retenir l'attention de Buffy. À la fois surprise et ennuyée, elle se mit à le taquiner :

— Ne me dis pas que c'était dans le journal de l'école ? Ou aux infos régionales ? Reste-t-il dans cette ville une seule personne qui ignore que je suis la Tueuse ?

— Je sais seulement que tu te *prends* pour une tueuse de vampires, corrigea Alex. J'étais à la bibliothèque quand tu en as parlé avec Giles.

— Peu importe, soupira Buffy. Dis-moi juste où Willow a pu aller.

— Tu es sérieuse, pas vrai ? réalisa Alex.

— Si nous ne la retrouvons pas très vite, il y aura un autre cadavre à Sunnydale demain matin.

Le jeune homme hésita. Observant l'expression sérieuse — *mortellement* sérieuse — de Buffy, il comprit qu'elle ne plaisantait pas.

— Viens.

Willow avait dépassé le stade de la nervosité. Pendant que son compagnon et elle traversaient les bois, la panique s'insinuait lentement en elle. Elle ne voyait pas comment elle avait pu se fourrer dans une situation pareille, et encore moins comment elle allait s'en sortir. Son cerveau tournait à vide.

— C'est plutôt effrayant comme coin, lâcha-t-elle enfin. Tu es sûr que c'est un raccourci ?

Le garçon ne répondit pas. Bien que Willow n'eût guère le sens de l'orientation, son instinct l'avertissait que ce n'était sans doute pas le chemin du glacier.

Soudain, son compagnon s'arrêta, et elle vit qu'ils se tenaient devant un monument funéraire, un mausolée.

Désorientée, Willow sonda du regard l'entrée béante. Un puits de ténèbres s'ouvrait devant elle ; elle frissonna de la tête aux pieds.

Le garçon prit enfin la parole.

— Tu as déjà visité un de ces trucs ? demanda-t-il.

Willow tenta d'empêcher sa voix de trembler.

— Non, et ça ne me dit rien.

Il s'approcha d'elle et la serra contre lui, beaucoup plus fort qu'elle ne l'aurait souhaité.

— Allons, dit-il sur un ton moqueur. De quoi as-tu peur ? Une grande fille comme toi...

Puis il la poussa à l'intérieur du mausolée.

Terrifiée, Willow trébucha et manqua de tomber, mais elle se rattrapa de justesse.

Après d'interminables secondes, elle distingua enfin une petite salle aux murs de pierre. Une tombe imposante, sur laquelle était sculptée la silhouette d'un homme, occupait le centre.

La jeune fille fit volte-face. Son compagnon se découpait dans l'encadrement de la porte, lui barrant la route.

— Ce n'est pas drôle, dit Willow en s'efforçant de garder son calme.

Mais elle était au bord des larmes.

Au lieu de répondre, le garçon s'approcha d'elle, le visage dissimulé dans l'ombre. Willow fit un pas sur le côté, espérant bondir vers la porte.

— Je crois que je vais rentrer, déclara-t-elle.

— Ça m'étonnerait beaucoup.

Sa voix était dure et froide.

Elle comprit qu'il ne plaisantait pas. Sentant le danger, elle recula d'un pas, puis pivota et poussa un cri en heurtant Darla qui venait d'entrer.

Celle-ci observa d'abord Willow, puis son compagnon, comme si elle évaluait la situation.

— C'est tout ce que tu as trouvé ? railla-t-elle.

— Elle est plutôt fraîche, répondit le garçon, sur la défensive.

— Mais il n'y a pas grand-chose à manger dessus, répliqua Darla.

— Tu n'avais qu'à apporter ta nourriture !

— C'est ce que j'ai fait, riposta Darla en indiquant la porte.

Sous le regard effrayé de Willow, un Jesse très confus entra.

— Attends-moi, dit-il d'une voix pâteuse.

— Jesse !

Willow se précipita vers lui. Jamais elle n'avait été aussi heureuse de le voir. Mais Jesse avait l'air un peu fiévreux et ne semblait pas s'apercevoir de sa présence.

— On dirait que tu m'as fait un suçon, déclara-t-il à l'attention de Darla, en se tenant le cou.

Quand il retira sa main, Willow vit le sang qui maculait les doigts de Jesse et coulait le long de sa gorge. Les yeux écarquillés, elle se tourna vers les deux silhouettes debout derrière elle.

Darla haussa les épaules.

— J'ai juste eu un petit creux en route, expliqua-t-elle.

Willow passa un bras autour de Jesse en essayant de l'entraîner.

— Il faut sortir d'ici !

— Vous n'irez nulle part, avertit Darla.

— Fichez-nous la paix ! cria Willow.

Darla fondit sur elle si rapidement qu'elle n'eut pas le temps de reculer.

— Vous n'irez nulle part, répéta la vampire, jusqu'à ce que nous nous soyons nourris !

En crachant son dernier mot, elle se pencha vers Willow. Sous le regard horrifié de la jeune fille, son visage se transforma en un masque d'horreur : peau en lambeaux, chair pourrissante, crocs acérés et rictus maléfique.

Willow poussa un hurlement. Elle fit un pas en arrière, heurta quelque chose et tomba. À travers le brouillard de sa terreur, elle vit l'autre vampire éclater de rire et s'approcher d'elle, ses traits devenus aussi laids que ceux de Darla.

Willow comprit qu'elle allait mourir. Elle regarda les créatures fondre sur elle. Leurs griffes étaient pareilles à des rasoirs. Un filet de bave coulait au coin de leurs lèvres, et leurs yeux brillaient d'une lueur affamée.

Quand une voix s'éleva derrière elle, elle crut que la peur la faisait délirer.

— Vous avez l'air de bien vous marrer !

Tous les occupants de la pièce se figèrent.

Buffy entrait dans le mausolée, Alex sur ses talons.

— La déco est un peu simple, dit la jeune fille en balayant les murs du regard, mais il suffirait d'une bonne couche de peinture et de quelques coussins pour en faire un vrai petit nid d'amour.

— Qui diable es-tu ? grogna Darla.

— Tu n'es pas encore au courant ? s'exclama Buffy. Comme je suis soulagée ! Je vais te dire un truc : protéger son identité à Sunnydale, c'est pas de la tarte.

Pendant que Buffy détournait leur attention, Alex avança entre les deux créatures. Rien n'avait préparé les vampires à cette apparition ; intrigués, ils lâchèrent Willow et Jesse.

— On se casse, Buffy, chuchota Alex.

— Pas encore, lâcha le vampire mâle.

— Comme tu veux, concéda Buffy. Dis-moi, où as-tu pêché cette tenue complètement ringarde ? (Elle se tourna vers Darla et ajouta sur un ton dégagé :) On peut régler ça en usant de la manière forte si tu le désires…

— Ça me va, répondit la vampire.

— Tu en es sûre ? insista Buffy. Ça ne sera pas beau à voir : coups et blessures, insultes…

Elle n'avait pas fini sa phrase que le vampire mâle attaquait par-derrière à une vitesse surprenante. D'un mouvement gracieux, Buffy sortit un pieu de sous sa veste, le tendit dans son dos… et le vampire s'empala sur le bois. La créature s'immobilisa, les yeux écarquillés de surprise, puis s'effondra sur le sol. Aussitôt son corps tomba en poussière.

— Tu vois ce qui arrive aux vampires désobéissants ? lança Buffy à l'attention de Darla.

Alex et Willow avaient perdu l'usage de la parole. Ils ne pouvaient que fixer les dalles de pierre où, quelques secondes plus tôt, un cadavre gisait.

Quant à Darla, elle semblait sur ses gardes mais pas vraiment intimidée. Elle contourna lentement Buffy, se préparant à frapper.

— Il était jeune, cracha-t-elle. Et stupide.

— Alex, fiche le camp ! ordonna Buffy.

— Ne t'éloigne pas trop, susurra Darla.

Sans crier gare, elle plongea sur son adversaire. Buffy l'attendait. Elle para chacun de ses coups avec une précision née de sa pratique des arts martiaux. Pendant ce temps, Alex faisait sortir leurs camarades.

Ils s'élancèrent dans les bois, Alex et Willow soutenant le malheureux Jesse. Personne n'osait parler. Ils n'arrivaient pas encore à croire ce qu'ils avaient vu dans le mausolée.

Buffy… la Tueuse…

Touchée à l'estomac, Darla s'effondra en grognant. Buffy ne plaisantait plus. Haletante, couverte de sueur, elle posa un pied sur la poitrine de la vampire et fronça les sourcils.

— Et moi qui voulais tout recommencer à zéro, dit-elle, furieuse. Être comme toutes les filles de mon âge ; avoir des amis, un petit copain... peut-être même un chien. Mais il a fallu que vous veniez ici.

— Qui es-tu ? grogna Darla en levant vers elle un regard haineux.

— Tu ne le sais pas ?

Avant que Buffy puisse éclairer son adversaire, une paire de mains la saisit par le cou et la souleva lentement.

— Non, et je m'en moque, dit Luke.

Elle ne l'avait pas senti venir. Tandis qu'il sortait de l'ombre, Buffy eut l'impression d'être toute petite et insignifiante. Consternée, elle réalisa que le sort venait de se retourner contre elle.

Sans effort, Luke la projeta cinq mètres plus loin. Elle atterrit si brutalement que son crâne heurta le mur.

Luke se tourna vers Darla, qui se relevait avec difficulté.

— Tu devais apporter une offrande au Maître, la réprimanda-t-il. La Moisson approche, et tu perds ton temps avec cette gamine ?

— Nous avions quelqu'un, dit Darla pour se défendre. Mais elle est venue et... elle a tué Thomas. Luke, elle est très forte.

— Va-t'en, cracha le vampire, méprisant. Moi, je m'occupe de la fillette.

Buffy était en train de rassembler ses esprits quand Luke se pencha sur elle. Elle ne se laissa pas prendre par surprise : elle repoussa le vampire en lui décochant un coup de pied à la tête. Il recula à peine et riposta en flanquant un coup de poing dans la mâchoire de Buffy.

— C'est vrai, tu es très forte, concéda-t-il en la plaquant à terre. (Il éclata d'un rire rauque.) Mais pas autant que moi.

Buffy n'avait aucune intention d'abandonner. Elle se tortilla pour se dégager, bondit sur ses pieds et tourna lentement autour de la tombe, son bouclier contre Luke.

— Tu me fais perdre mon temps, déclara le vampire.

— Moi aussi, j'avais d'autres plans pour la soirée, répliqua Buffy.

Luke empoigna la plaque de marbre de la tombe, la souleva et la jeta sur Buffy.

Celle-ci sauta pour éviter le projectile. Vive comme l'éclair, elle planta ses deux pieds dans la poitrine du vampire.

Ils tombèrent ensemble, mais Buffy fut la première à se relever. Elle saisit son pieu pour l'enfoncer dans le cœur de Luke.

La main du monstre se referma sur l'arme au moment où la jeune fille allait frapper.

— Tu crois vraiment pouvoir m'arrêter ? gronda le vampire, le visage déformé par la rage. Tu crois vraiment pouvoir *nous* arrêter ?

Il serra le poing et le pieu se brisa comme une vulgaire allumette. Puis il flanqua un coup de pied à Buffy, la forçant à reculer.

— Tu n'as aucune idée des forces que tu affrontes, ricana-t-il.

Il avança vers la jeune fille et l'accula dans un coin du mausolée, tout en récitant le texte sacré.

— « Et telle une épidémie, la race humaine se répandit à la surface de la Terre. Mais le troisième jour de la nouvelle lumière sera celui de la Moisson… »

Buffy était au bord de l'inconscience. Sa tête tournait ; des images se bousculaient dans son esprit embrumé.

Elle voyait Giles debout dans sa bibliothèque, feuilletant ses grimoires avec une consternation grandissante. Il observait une page où un dessin illustrait un massacre particulièrement atroce.

— « ... Le jour où le sang des hommes coulera à flots comme le vin... », continua Luke.

Les personnages agonisaient dans une mare écarlate ; parmi eux se tenait une créature occupée à se nourrir au-dessus du corps d'une femme. Une étoile à trois branches était gravée sur son front.

— « ... Le jour où le Maître marchera de nouveau parmi eux... »

Tandis que Luke continuait sa litanie, l'image fut soudain remplacée par celle des ruines d'une vieille église. Une silhouette dont Buffy percevait l'aspect menaçant y demeurait, enveloppée de ténèbres.

— « ... Alors, le monde appartiendra aux Anciens... », poursuivait Luke.

De leur côté, Willow, Alex et Jesse se hâtaient dans la forêt.

— Il faut prévenir la police, haleta la jeune fille. Le commissariat est à quelques pâtés de maisons...

Mais sa voix se brisa. Les trois jeunes gens s'immobilisèrent : trois vampires leur bloquaient le chemin. Les deux garçons et leur compagne voulurent reculer... et se rendirent compte que Darla était derrière eux...

Buffy se força à ouvrir les yeux. Elle se redressa lentement, sans quitter Luke du regard.

— « ... Et l'enfer se déchaînera en ville », psalmodiait le vampire, près d'achever sa prière.

Buffy tenta de plonger sous son bras, mais Luke fut plus rapide qu'elle et la frappa. Incapable de résister, elle fut projetée en arrière et atterrit dans la tombe ouverte.

Le souffle coupé, elle aperçut un cadavre décomposé allongé à côté d'elle.

Buffy ne voyait plus Luke ; elle avait beau se concentrer, elle ne distinguait rien d'autre que les parois humides de la tombe.

Il pourrait être n'importe où, songea-t-elle.

Elle leva la tête à grand-peine. Jamais elle n'avait eu aussi peur. Luke était un adversaire coriace. Prudemment, elle jeta un coup d'œil par-dessus le bord de la tombe.

Rien. Juste le silence.

Le cœur battant à tout rompre, Buffy voulut regarder de l'autre côté.

Alors, Luke jaillit de nulle part et poussa un rugissement de triomphe. Emplissant son champ de vision, il se jeta dans la crypte.

Buffy tenta de le repousser, mais son adversaire la maîtrisa sans effort. Puis il s'immobilisa pour la contempler avec une joie animale. Un filet de salive coula de son menton et glissa sur la joue de Buffy.

— « Amen », dit le vampire, terminant sa prière.

Il se pencha vers la jeune fille.

11

Malgré sa terreur, Buffy distinguait le visage monstrueux de Luke, ses lèvres qui découvraient des gencives pourries, ses crocs qui se rapprochaient de son cou.

Elle se débattait avec l'énergie du désespoir, mais il était beaucoup plus fort qu'elle et très lourd. De ses ongles semblables à des griffes, Luke déchira le chemisier de la jeune fille, révélant son cou nu. Buffy se raidit, attendant la morsure inévitable. Mais brusquement Luke poussa un glapissement et bondit en arrière.

Interloquée, Buffy leva la tête. De la fumée s'élevait de la main de Luke qui fixait sa paume avec stupéfaction et fureur.

Buffy baissa les yeux sur sa poitrine et aperçut la petite croix d'argent dont le mystérieux inconnu lui avait fait cadeau dans la soirée. Au cours de la lutte, le bijou avait glissé de la poche du chemisier et était entré en contact avec la main du vampire.

Buffy ne perdit pas de temps. De toutes ses forces, elle poussa sur ses deux jambes pour décocher une ruade à Luke. Le vampire tomba en arrière et la jeune fille s'élança vers la porte.

Buffy courait vers les bois, slalomant entre les tombes aussi vite qu'elle pouvait. Quand elle atteignit la lisière des arbres, elle s'arrêta pour jeter un coup d'œil vers le mausolée.

Personne. Elle était seule. Luke ne l'avait pas suivie. Soudain elle entendit crier Willow.

— Non ! Nooooon ! Ne me…

Buffy s'élança.

Willow, à terre, tentait de se débattre contre un vampire qui la toisait d'un air impitoyable. Il allait lui plonger ses dents dans le cou quand Buffy se montra.

Surpris, il leva les yeux.

C'était tout ce que demandait Buffy. D'un coup de pied, elle projeta la créature quelques mètres plus loin. Son adversaire poussa un grognement de douleur et s'éloigna en gémissant.

Buffy s'immobilisa le temps de reprendre son souffle, et balaya les environs du regard. Un craquement de brindilles parvint à ses oreilles, suivi de protestations étouffées. Aussitôt, elle se remit en chasse, abandonnant Willow qui s'était assise, les yeux encore écarquillés de terreur. Quand cette dernière parvint à se relever, elle emprunta le même chemin que sa camarade.

Buffy ne mit pas longtemps à découvrir ce qu'elle cherchait. Deux vampires tenaient Alex, le traînant sur le sol. Sentant une présence ennemie derrière eux, ils se retournèrent lentement.

Au lieu de Buffy, ce fut la silhouette élancée de Willow qui apparut entre les arbres. Réalisant le danger mortel que courait Alex, la jeune fille se fit menaçante.

Les vampires pivotèrent à nouveau, mais Buffy leur barra la route et n'eut pas de mal à les mettre au tapis. Deux coups de poing bien placés et ils s'effondrèrent... avant de se relever et de filer sans demander leur reste. Malheureusement pour lui, l'un d'eux ne fut pas assez rapide.

Brandissant un pieu, Buffy le rattrapa et le transperça proprement tandis que l'autre vampire prenait ses jambes à son cou.

Willow se précipita vers Alex et s'accroupit près de lui. Elle souleva doucement la tête du jeune homme pour la poser sur ses genoux. À son grand soulagement, il respirait encore. Il cligna des yeux à plusieurs reprises et, découvrant son amie, fronça les sourcils.

— Ça va, Alex ? demanda Willow.

— Je ne sais pas trop... (Il semblait désorienté.) J'ai reçu un coup sur la tête, et...

Buffy se rapprocha d'eux.

— Où est Jesse ? s'enquit-elle d'une voix tendue.

Willow réalisa que le jeune homme avait disparu.

— Je ne sais pas. Ces monstres nous ont attaqués, et il était vraiment très faible...

— La fille l'a attrapé, marmonna Alex. Elle est partie avec lui.

— Par où ? le pressa Buffy.

Alex secoua la tête.

— Je n'ai pas vu.

Buffy aiguisa ses perceptions et sonda les ténèbres en se concentrant.

Rien. Elle sentit son cœur se serrer.

— Jesse, murmura-t-elle.

12

Le lendemain matin, malgré le calme qui régnait dans la bibliothèque du lycée, un lourd malaise planait dans l'air. Personne n'avait dormi de la nuit, et Jesse n'était toujours pas réapparu.

Buffy ne se souvenait pas d'avoir jamais eu aussi mal. Tous les muscles de son corps protestaient et son cerveau fonctionnait au ralenti. Comme elle n'avait pas voulu montrer ses blessures à sa mère pour ne pas l'inquiéter, elle fouillait l'armoire à pharmacie de Giles à la recherche de bandages.

Pendant ce temps, le bibliothécaire s'efforçait de fournir à Alex et à Willow une explication sur les événements de la veille.

— Le monde est bien plus ancien que vous ne le pensez, dit-il solennellement en faisant tourner un globe terrestre. Et, contrairement à ce qu'affirme la mythologie populaire, ce n'était pas un paradis au début. Pendant une éternité, ce fut le domaine de démons qui en avaient fait leur enfer.

Willow et Alex écoutaient de toutes leurs oreilles, l'air aussi grave que Giles.

— Puis les démons ont perdu leur emprise sur ce monde, laissant la place aux créatures mortelles... continua le bibliothécaire, les bras chargés de livres... aux animaux et à l'homme. Tout ce qu'il reste des Anciens, aujourd'hui, n'est que vestiges. Un peu de magie...

— ... et quelques vampires, ajouta Buffy.

Elle sortit du bureau de Giles, nouant un bandage autour de son avant-bras. Alex se leva, en proie à une agitation évidente.

— C'est là que j'ai un problème, avoua-t-il. Nous sommes en train de parler de *vampires*. Des créatures inventées de toutes pièces.

— C'est bien ce que nous avons vu la nuit dernière, non ? intervint Willow.

Buffy secoua la tête.

— Ce n'étaient pas des vampires ! Juste quelques voyous qui auraient salement besoin d'un chirurgien esthétique. À moins qu'ils n'aient eu la rage… Et ce type qui est tombé en poussière… Vos yeux vous ont sans doute joué des tours.

Elle regarda Alex, l'air compatissant.

— En tout cas, c'est ce que j'ai pensé la première fois que j'en ai vu. Enfin… après ma crise de nerfs.

— Oooh, gémit Willow. Il faut que je m'assoie.

— Tu es déjà assise, lui rappela Buffy.

— Ah ? Tant mieux pour moi.

— Alors, les vampires sont des démons ? insista Alex.

Giles tenta de lui donner une explication.

— D'après ce que j'ai lu, le dernier démon qui a quitté le monde matériel s'est nourri d'un humain et a mêlé son sang au sien, infectant le corps du mortel avec son âme immortelle.

Le bibliothécaire tendit à Alex un gros volume.

— La créature a mordu d'autres êtres pour se nourrir et se reproduire. C'est ainsi que le fléau s'est répandu sur Terre. Depuis, les vampires attendent que les animaux disparaissent et que les Anciens reviennent.

Au même moment, deux vampires regagnaient leur antre.

Très loin sous terre, là où les rayons du soleil ne parvenaient jamais, Luke et Darla poussaient Jesse le long du tunnel obscur conduisant à leur sanctuaire. Le jeune homme titubait entre eux mais reprenait peu à peu ses esprits. Quand ses yeux furent accoutumés aux ténèbres, la panique le gagna.

Il regarda les visages inhumains des monstres qui l'encadraient, puis le passage qui s'étendait devant eux. On aurait dit un énorme tuyau rongé par la moisissure.

Jesse sentit que Luke et Darla lui faisaient descendre des marches. Puis ils le jetèrent sur des dalles froides et humides.

Le jeune homme écarquilla les yeux. *Une église ?* Ça y ressemblait beaucoup ; pourtant, tout lui criait que c'était un endroit maléfique et perverti.

Il se tenait au pied d'une sorte d'autel où s'étendait une mare de sang.

Quelque chose remua dans les ténèbres. Les ombres semblèrent se rassembler pour former une seule silhouette qui avança lentement vers Jesse.

Le Maître toisa ses serviteurs d'un regard froid et impérieux. Ses yeux se posèrent sur Jesse.

— Que m'apportez-vous ?

— Une offrande, Maître, répondit humblement Luke.

— De premier choix, ajouta Darla. Son sang est pur.

Un silence.

— Tu y as goûté, constata calmement le Maître.

Réalisant son erreur, Darla fit un pas en arrière. Le Maître lui adressa un sourire mielleux.

— Tu me traites comme ton chien, en me donnant les restes de ton repas.

— Je ne voulais pas… balbutia Darla.

Le Maître lui coupa la parole.

— J'ai attendu pendant trois cents ans. Trois longs siècles ! Pendant que vous alliez et veniez, j'étais prisonnier de ce tombeau. (Sa voix augmentait progressivement en sonorité.) De ce lieu saint. Aujourd'hui, mon ascension est proche.

Il se tut et prit le visage de Darla entre ses mains.

— Quand l'heure viendra, cria-t-il, prie pour que je sois de meilleure humeur !

— Pardonnez-moi, Maître, supplia Darla. Nous avions apporté d'autres offrandes, mais il y a eu un problème. Cette fille est arrivée…

Luke hocha la tête.

— C'est vrai. Elle se battait bien et elle connaissait les faiblesses de notre race. Il est possible que nous ayons affaire à…

Le Maître se tourna vers lui.

— La Tueuse ?

— … La Tueuse, disait Giles à cet instant.

— Qu'est-ce que ça signifie ? interrogea Alex.

— Depuis que les vampires existent, cita le bibliothécaire, il y a toujours eu une Tueuse. Une seule fille dans le monde…

— Il adore ce passage, coupa Buffy.

Vexé, Giles lui jeta un regard peu aimable.

— Très bien, très bien. La Tueuse chasse les vampires, quand elle meurt, une autre apparaît, Buffy est l'élue de votre génération. Surtout n'en parlez à personne, débita-t-il à toute allure. (Il s'arrêta et respira.) Je pense que c'est tout ce que vous avez besoin de savoir pour le moment.

— Vous oubliez une chose. Comment fait-on pour les tuer ? demanda Alex.

— Ça, c'est mon boulot, répliqua Buffy.

— Mais Jesse…

— Je m'en occupe. Après tout, c'est ma faute s'ils l'ont emmené.

Alex fronça les sourcils.

— C'est faux.

— Si tu n'étais pas intervenue, ajouta loyalement Willow, ils nous auraient… emmenés aussi. (Puis, d'une petite voix :) Ça vous choque si je m'évanouis ?

— Respire à fond, ordonna Buffy.

Willow obéit.

— Je respire, murmura-t-elle.

— C'est bien. (Buffy se tourna vers Giles.) Ce type, Luke… Il a parlé d'une offrande au Maître. Je ne sais pas de quoi ou de qui il s'agit, mais s'ils n'avaient pas seulement l'intention de se nourrir, Jesse est peut-être encore en vie. Je dois le retrouver.

— Je sais que c'est une question idiote, intervint Willow, calmée, mais ne devrions-nous pas avertir la police ?

— Personne ne croirait une histoire pareille ! protesta Giles.

— Nous ne sommes pas obligés de dire que ce sont des vampires, insista la jeune fille. Juste qu'ils ont enlevé Jesse.

Buffy secoua la tête.

— À supposer qu'ils lancent une enquête et qu'ils retrouvent Jesse, les flics ne seront pas de taille à lutter contre ses geôliers. Que pourraient-ils faire avec des revolvers ?

— Tu ne sais pas où ils ont emmené Jesse ? demanda Giles.

— J'ai fureté dans les environs, mais en sortant des bois ils ont pu... (Buffy balaya l'air de la main.) ... Vooom !

Alex écarquilla les yeux.

— Ils volent ?

— Non, mais ils savent conduire.

— Oh !

— Je ne me souviens pas d'avoir entendu une voiture, objecta Willow.

— Fions-nous à notre intuition et supposons qu'ils l'ont emmené sous terre, suggéra Giles.

— Les vampires adorent les égouts, renchérit Buffy. Ça leur permet d'accéder à tous les endroits de la ville sans s'exposer aux rayons du soleil. Mais je n'ai pas vu de bouche d'égout dans les parages du cimetière.

Alex haussa les épaules.

— Les conduits électriques… Il y en a partout sous nos pieds.

Giles réfléchit.

— Si nous avions un schéma de ces tunnels, nous pourrions déterminer leur lieu de rencontre. Mais où trouver ça ? Au cadastre, peut-être…

— Nous n'avons pas le temps, objecta Buffy.

— Il y a un autre moyen, intervint timidement Willow.

13

— As-tu la preuve qu'il s'agit de la Tueuse ? interrogea le Maître.

— Je me suis battu contre elle et elle a survécu, grogna Luke. Ça me suffit.

— Tu as peut-être raison, concéda le Maître. Ça fait longtemps que ça ne t'était pas arrivé.

— Depuis l'an 1843, précisa Luke. C'était à Madrid, et elle m'avait surpris pendant mon sommeil.

Le Maître hocha la tête.

— Il ne faut pas qu'elle gêne la Moisson.

— Je ne la laisserai pas faire.

— Ne t'inquiète pas. Je pense qu'elle viendra à nous. (Devant l'air interrogateur de Luke et de Darla, le Maître expliqua :) Nous détenons quelque chose qu'elle veut.

Si elle est bien la Tueuse, elle devinera que le garçon est toujours en vie, et elle essaiera de le délivrer.

Luke se dirigea vers Jesse, un sourire hideux sur les lèvres.

— Je te prenais pour un simple casse-croûte, mon gars ! gloussa-t-il. Félicitations : tu viens d'être promu au rang d'appât.

Conformément à la prédiction du Maître, Buffy était en train d'organiser le sauvetage de Jesse.

— La voilà, dit Willow avec satisfaction.

Tout le monde était rassemblé autour d'elle, assise devant l'ordinateur de la bibliothèque. Une carte complète des circuits électriques de la ville venait de s'afficher sur l'écran.

— Ce conduit passe sous le cimetière, expliqua la jeune fille.

Alex secoua la tête.

— Je ne vois aucun accès.

— Comment se fait-il que ces plans soient à la disposition du public ? demanda Giles, perplexe.

— En fait... (Willow baissa la tête, l'air honteux.) Je suis tombée dessus par hasard... en faisant sauter le code de sécurité de la mairie.

Alex sourit.

— Alors, on se dévergonde ?

— De toute façon, soupira Buffy après un rapide examen du schéma, je n'ai pas l'impression qu'il nous servira à grand-chose...

Elle semblait de plus en plus découragée.

— Cesse de culpabiliser, lui recommanda Giles.

— N'est-ce pas vous qui m'avez dit que j'étais insuffisamment préparée ? Eh bien, vous étiez au-dessous de la vérité. Je croyais maîtriser la situation, mais il a suffi que ce Luke surgisse de nulle part...

Elle s'interrompit soudain.

— Qu'y a-t-il ? interrogea Alex.

Le regard dans le vague, Buffy se remémorait les scènes de la veille.

— Non ! Il n'a pas surgi de nulle part, déclara-t-elle, tout excitée. Il est arrivé *derrière* moi. J'étais face à l'entrée, je ne l'ai pas vu approcher, et il ne m'a pas suivie dehors quand je me suis enfuie.

Elle dévisagea ses trois compagnons.

— L'accès aux tunnels se trouve donc à l'intérieur du mausolée ! conclut-elle triomphalement.

Giles se redressa.

— Tu en es sûre ?

— La fille a dû rebrousser chemin avec Jesse pendant que je les cherchais dehors, continua Buffy sans répondre. Ce que je peux être stupide, parfois !

— Alors, quel est le plan ? s'enquit Alex, prêt à agir. On saute tous en selle ?

— Il n'y a pas de « on » qui tienne, corrigea Buffy. C'est moi, la Tueuse.

— Je me doutais que tu finirais par nous le jeter à la figure, grommela Alex.

— Alex, ça va être très dangereux.

— Je vois... Tu me prends pour un minus. Rien de grave. Je ne suis pas vexé du tout, dit-il en s'éloignant.

Willow lui lança un regard plein de sympathie et proposa également ses services à Buffy.

— Ce n'est pas que je me réjouisse de retourner dans cet horrible endroit, mais je veux t'aider aussi. J'en ai besoin.

— C'est moi qui vais avoir besoin de toi, déclara Giles. J'ai fait des recherches au sujet de la Moisson. Ça semble être une sorte de massacre organisé. Des fleuves de sang, l'enfer sur Terre... Rien de très drôle. Mais je n'ai pas pu obtenir de détails, et je me disais que tu saurais peut-être les extorquer à ce satané réseau.

Les deux filles lui jetèrent un regard de perplexité.

— La formulation était trop raffinée, c'est ça ? grogna Giles. Autrement dit : je voudrais que tu cherches des informations sur Internet.

Le visage de Willow s'éclaira.

— Oh ! bien sûr, je peux faire ça. Pas de problème.

— Dans ce cas, je pars tout de suite, annonça Buffy. Si Jesse est toujours vivant, je le ramènerai.

— Inutile de te recommander d'être prudente, hasarda Giles, attentif.

— Inutile, en effet. J'ai déjà une mère, railla Buffy. Mais merci de vous inquiéter pour moi.

Sur ce, elle sortit.

Le portail était ouvert, mais, avant qu'elle le franchisse, M. Flutie apparut derrière elle.

— Où croyez-vous aller comme ça, mademoiselle Summers ?

Buffy ouvrit de grands yeux innocents.

— Qui, moi ?

— Vous n'alliez pas quitter le lycée pendant les cours ? fit le proviseur avec un regard sévère.

— Bien sûr que non ! Je ne faisais... qu'admirer la clôture. Un travail remarquable.

— Parce que si vous quittiez le lycée pendant les cours, lors de votre deuxième jour ici, après avoir été renvoyée d'un autre établissement... vous voyez où je veux en venir ?

Buffy chercha désespérément une excuse.

— M. Giles m'a demandé d'aller lui acheter un livre, expliqua la jeune fille, parce que j'avais un trou dans mon emploi du temps et que j'adore lire. C'est marqué dans mon dossier, non ?

M. Flutie la dévisagea.

— M. Giles ?

— Demandez-lui.

Le proviseur contourna Buffy, ferma le portail et le verrouilla.

— C'est peut-être ainsi qu'on fait les choses en Angleterre. Après tout, il est difficile de leur en vouloir avec tous les problèmes que connaît la famille royale. Mais à Sunnydale personne ne quitte le lycée pendant les cours. C'est compris ?

— Oui, monsieur, répondit Buffy avec un sourire contrit.

— Ça, c'est le genre de jeune fille que j'aime avoir dans mon lycée. Quelqu'un de raisonnable, avec les pieds sur terre, conclut-il avant de s'en retourner.

Restée seule, Buffy contempla ses pieds un instant… (un fort joli spectacle)… et… après s'être assurée que M. Flutie ne faisait plus attention à elle, elle sauta souplement par-dessus la clôture.

Quittant la bibliothèque, Alex et Willow s'engagèrent dans le couloir. La cloche avait sonné depuis une minute et les élèves se pressaient vers les salles de classe.

— Meurtre, mort, massacre... marmonna Willow qui dressait une liste dans son calepin tout en marchant. Quoi d'autre ?

— Paranormal, phénomène inexpliqué, suggéra Alex. Tu as noté les catastrophes naturelles ?

La jeune fille acquiesça.

— Tremblement de terre, inondation...

— Pluie de grenouilles.

— Je l'ajoute.

Alex secoua la tête.

— J'ai du mal à croire ce que je raconte, soupira-t-il. S'il y avait eu une pluie de grenouilles, ils en auraient sûrement parlé dans le journal.

Willow haussa les épaules.

— Je ne sais pas. Je vais ajouter ça à mes recherches. S'il en est fait mention, le serveur me l'indiquera.

— Pendant que je resterai les bras ballants comme l'idiot du village, marmonna Alex, déconfit.

— Juste les bras ballants, pas comme l'idiot du village, le réconforta Willow. Buffy ne veut pas qu'il t'arrive du mal. (Elle ajouta d'une toute petite voix :) Moi non plus, d'ailleurs.

Ils s'arrêtèrent devant la salle où Willow avait cours.

— C'est tellement soudain, soupira Alex en se passant une main dans les cheveux. Hier, mon seul souci, c'était la prochaine interro de maths. Aujourd'hui, je vis dans un monde peuplé de vampires... Monstre pour monstre, je préférais encore mon prof !

— Je sais, fit Willow en regardant les autres élèves. Dire que pour tout le monde c'est une journée ordinaire.

— On est les seuls à savoir. Comme si on avait un secret.

— Je crois que c'est le principe du secret : connaître un truc que les autres ignorent.

Alex ne releva pas l'ironie de la jeune fille.

— Tu as raison, dit-il distraitement. Bon, tu ferais mieux d'aller en cours.

— Toi aussi.

— Je sais.

— Tout se passera bien. Buffy est de taille à se défendre contre ces monstres.

— Je le pense aussi...

Mais au fond de leur cœur, ni l'un ni l'autre n'y croyaient vraiment.

14

Buffy traversa le cimetière et se dirigea vers le mausolée.

Malgré la faible lumière qui entrait par la porte, il faisait presque aussi noir dans la crypte que la nuit précédente. La jeune fille avança sur la pointe des pieds, guettant le moindre mouvement. Elle sentait bien une présence, mais les ombres ne révélaient rien.

Elle atteignit la petite porte métallique du fond et tenta de l'ouvrir. Sans succès.

Alors elle demanda :

— Tu n'aurais pas la clé, par hasard ?

Son mystérieux « ami » sortit de l'ombre en souriant.

— Ils n'aiment pas beaucoup que je leur rende visite à l'improviste, s'excusa-t-il.

— Pourquoi ?

— Je crois qu'ils ne m'apprécient pas.

— Vraiment ? Difficile à imaginer !

— Je me doutais que tu finirais par découvrir cet accès. Je pensais même que ce serait un peu plus tôt.

— Navrée de t'avoir fait attendre. Si tu dois passer ton temps à apparaître aux moments les plus incongrus, tu pourrais te présenter, non ?

— Angel, lâcha le jeune homme.

— Angel ? (Buffy attendit la suite, qui ne vint pas.) C'est assez joli, reconnut-elle.

— Je te déconseille de descendre, dit calmement l'inconnu qui n'en était plus tout à fait un.

Buffy haussa les épaules.

— Désolée, mais j'ai tendance à n'en faire qu'à ma tête.

— Tu ne devrais pas te mettre en danger. La Moisson aura lieu ce soir. À moins que tu puisses l'empêcher... (Angel baissa la voix.) Le Maître va revenir.

Buffy s'obstina.

— Si cette Moisson s'annonce si terrible, pourquoi n'agis-tu pas ?

— Parce que j'ai peur.

Ce n'était pas la réponse que Buffy attendait. L'honnêteté et l'absence de honte d'Angel la surprirent.

Elle détailla une dernière fois sa silhouette nimbée par le soleil…

… puis flanqua un grand coup de pied dans la porte.

— Ils t'attendent, insista Angel.

— Un ami à moi… disons plutôt un ami potentiel… est quelque part en bas. Et tu t'y connais en amis, pas vrai ?

Angel ne répondit pas.

— Je ne voulais pas être désagréable, ajouta plus gentiment la jeune fille.

— Quand tu seras dans les tunnels, dirige-toi vers l'est, du côté de ton école. Je crois que tu les trouveras là-bas.

— Souhaite-moi bonne chance.

Angel garda le silence. Buffy, agacée, secoua la tête et s'enfonça dans les ténèbres.

Le jeune homme la regarda partir. Un long moment, il demeura immobile, une ombre dans le regard.

— Bonne chance, murmura-t-il enfin.

15

Les tunnels s'étendaient sous la ville comme un labyrinthe interdit. Obscurs et sinueux, ils partaient dans toutes les directions. Buffy se demanda si elle parviendrait à retrouver le chemin de la sortie.

Elle s'arrêta à une intersection pour étudier les environs. L'air humide était chargé d'une forte odeur de pourriture. Au loin résonnait un bruit d'eau courante.

Quand un rat effleura le pied de Buffy, elle ne broncha pas. Elle se contenta de bomber le torse, choisit un tunnel et se remit en route.

Elle avançait lentement, sondant chaque crevasse et chaque recoin. L'endroit est un refuge parfait pour des vampires, songea-t-elle. En ce moment, ils pouvaient être n'importe où en train de la guetter, prêts à lui tendre une embuscade.

Le cœur battant à tout rompre, Buffy poursuivit son chemin. Elle arriva à une nouvelle intersection et tourna à gauche. Ce passage semblait désert, mais elle hésita quand même et tendit l'oreille. Le silence était total. Elle continua à avancer, les nerfs tendus à craquer.

Alors elle crut entendre quelque chose. Faisant demi-tour, elle revint sur ses pas et sonda les autres tunnels. Des ombres, rien de plus. Et un vague souffle qu'elle ne parvenait pas à identifier.

Elle battit en retraite... et réalisa qu'il se tenait derrière elle.

Un instant, la jeune fille se figea. Son corps se tendit, prêt à bondir, et elle se retourna pour faire face à son adversaire.

— Tu as vu quelque chose ? s'enquit une voix familière.

— Alex ! explosa Buffy. Que fais-tu ici ?

— Probablement un truc stupide : je t'ai suivie. Je ne pouvais pas rester à ne rien faire, ajouta-t-il en guise d'explication.

Buffy le dévisagea. Elle ne savait pas si elle devait se mettre à rire ou à pleurer.

— Je comprends. À présent, va-t'en.

— Pas question.

— Alex, il le faut !

— Jesse est mon pote, d'accord ? Je ne peux pas le laisser tomber s'il a besoin de moi. Et puis, c'est ça ou le cours de chimie. Entre deux maux, il faut choisir le moindre.

Buffy poussa un soupir. Il comprit qu'il avait gagné.

En silence, ils s'engagèrent dans le tunnel. Le complexe souterrain paraissait désert. Soulagés, ils franchirent une nouvelle intersection et choisirent le passage de gauche. Ils restaient près l'un de l'autre, se préparant à bondir.

— Résumons, dit Alex en comptant sur ses doigts. Les croix, l'ail, le pieu dans le cœur…

— Très efficaces, lui assura Buffy.

— Super. Évidemment, je n'ai rien apporté de tout ça.

— Quelle présence d'esprit ! ricana-t-elle.

Elle lui tendit une croix.

— La partie de mon cerveau qui aurait dû me recommander d'emporter ces choses était occupée à me supplier de ne pas venir te rejoindre, se défendit Alex. Mais j'ai quand même pris ça.

Il sortit une lampe-torche et l'alluma. Un rayon jaune perça les ténèbres, éclairant des murs moisis et un sol couvert de flaques de boue.

— Éteins ça ! siffla Buffy.

Alex se hâta d'obéir.

— Désolé. Quoi d'autre ?

— Pardon ?

— Quoi d'autre, pour tuer les vampires ?

Buffy poussa un soupir.

— Le feu, la décapitation, la lumière du soleil, l'eau bénite... les trucs habituels.

— Je vois. As-tu déjà... coupé la tête à quelqu'un ? demanda Alex d'une voix peu assurée.

— Oh, que oui ! Je me rappelle le jour où ce type m'avait plaquée à terre. Il jouait ailier gauche dans l'équipe de foot de l'université avant que... avant. Bref, il avait un cou de taureau, et moi un pauvre couteau suisse...

Buffy s'interrompit en voyant l'air complètement ahuri d'Alex.

— Mon histoire ne te plaît pas, constata-t-elle sur un ton accusateur.

Alex réprima un frisson.

— Je suis content qu'on soit du même côté, c'est tout.

16

Dans la bibliothèque, Giles continuait sa quête. Plusieurs ouvrages très anciens étaient ouverts sur la table. Il les examina successivement, lisant certains passages et s'interrogeant sur leur sens véritable. Ça faisait déjà un bon moment qu'il cherchait. Son expression était lasse, mais toujours déterminée.

Il se leva pour prendre un nouveau volume sur les rayonnages, le feuilleta et découvrit quelque chose d'intéressant. À voix haute, il traduisit du latin :

— « … Car ils se rassembleront et seront rassemblés. Tout ce qui est à eux sera à lui… Du Calice coule la vie. »

Giles marqua une pause et répéta, pensif :

— Coule la vie…

Il étudia la gravure figurant à côté du texte qu'il venait de lire. Une hideuse créature, mi-homme mi-bête, tendait la main vers une foule de villageois ensanglantés. Au-dessous d'eux, dans ce qui était peut-être une représentation de l'enfer, un démon était auréolé d'un halo mystérieux.

Giles plissa les yeux et se pencha vers l'ouvrage. Sur le front de la créature, il remarqua un symbole grossier : une étoile à trois branches. Il rajusta ses lunettes et recommença à lire.

— « La nuit de la lune montante, le lendemain du solstice, il viendra. »

Le bibliothécaire se raidit.

— Évidemment, marmonna-t-il. Ce soir.

— On va au *Bronze* ce soir ? demanda Harmonie à sa voisine de pupitre.

Elles étaient en cours d'informatique, ce qui n'était pas la matière préférée de Cordélia. Comme d'habitude, tandis que les autres élèves tapaient fiévreusement des lignes de programme, les ordinateurs restaient son dernier souci.

Elle jeta un coup d'œil à Harmonie, avec qui elle travaillait en binôme. Sa partenaire était en train de se débattre avec l'énoncé du projet. Elle réalisa que Cordélia n'avait pas entendu sa question.

Harmonie garda les yeux rivés sur le clavier et enfonça une touche en hésitant.

— On va au *Bronze* ce soir ? répéta-t-elle.

— Non, répliqua sèchement Cordélia. On ira dans l'autre boîte à la mode de Sunnydale.

Harmonie lui jeta un regard interloqué. Cordélia soupira.

— Évidemment qu'on va au *Bronze* ! C'est vendredi, on ne peut pas y échapper. Mais tu aurais dû venir hier soir.

Au lieu de demander pourquoi, Harmonie relut son travail et fronça les sourcils.

— Je crois que les dernières lignes sont fausses, fit-elle remarquer.

Cordélia prit un air de martyre.

— Pourquoi faut-il écrire ces maudits programmes ? soupira-t-elle. C'est à ça que servent les matheux, non ? (Elle jeta un coup d'œil au pupitre voisin, celui de Willow.)

Tu n'as qu'à copier ce qu'elle a fait, marmonna-t-elle.

Harmonie se tordit le cou pour regarder l'écran de leur camarade. Apparemment, Willow était perdue dans son petit monde à elle. Sans se soucier du reste de la classe, elle surfait sur Internet, faisant défiler des kilomètres de texte et cherchant Dieu sait quoi…

— Elle ne bosse pas sur le programme, dit Harmonie en haussant les épaules.

Surprise, Cordélia se pencha pour vérifier par elle-même. Willow s'affairait devant son ordinateur, le front plissé par la concentration.

— D'accord, dit Cordélia à contrecœur, en essayant de s'intéresser à leur programme. Essaye « *Pattern run* »… ou « *Go to end* ». Ça devrait marcher.

Harmonie se mordit la lèvre.

— Je ne crois pas que…

— Eh bien, tu n'as qu'à consulter le manuel ! s'impatienta Cordélia.

Pendant qu'Harmonie étudiait la procédure, Cordélia lui racontait les derniers ragots.

— Bref, quand je suis sortie du *Bronze*, elle s'est précipitée vers moi en brandissant une batte de base-ball et en hurlant : « Je vais te tuer ! » C'est la pure vérité.

— De qui tu parles ? demanda James, un des types les plus mignons de la classe.

Il se pencha en arrière pour écouter Cordélia. Un sourire de satisfaction apparut sur les lèvres de la jeune fille : elle avait enfin un auditoire.

— De Buffy, répondit-elle.

— La nouvelle, ajouta Harmonie.

James eut l'air surpris.

— Qu'est-ce qu'elle a ?

— Elle est folle, déclara Cordélia.

— J'ai entendu dire qu'elle s'était fait virer de son ancien bahut, ajouta Harmonie sur un ton de conspiratrice.

— Pas étonnant, ricana Cordélia.

James recula sa chaise vers les deux filles.

— Pourquoi s'est-elle fait virer ?

— Parce que c'est une psychopathe ! affirma Cordélia.

— C'est faux, dit une voix calme mais ferme.

Les trois jeunes gens se tournèrent vers Willow. Cordélia la toisa avec stupéfaction. Personne, y compris sa mère, n'avait jamais osé la contredire.

— Je te demande pardon ? lâcha-t-elle, glaciale.

— Buffy n'est pas une psychopathe, déclara Willow. Comment peux-tu dire une chose pareille ? Tu ne la connais même pas !

— De quel droit m'adresses-tu la parole ? brailla Cordélia, indignée. Est-ce que je me mêle de tes conversations ? Non. Pourquoi ? Parce que tu es trop ennuyeuse.

Une lueur de chagrin passa dans le regard de Willow. Elle baissa les yeux, puis se leva et saisit les feuilles qui venaient de sortir de l'imprimante tandis que Cordélia et les autres retournaient à leur projet.

— Là ! s'exclama enfin Harmonie. Je crois que ça y est.

Cordélia hocha la tête.

— Enfin, le cauchemar se termine. Comment sauvegarde-t-on ce truc ?

Willow se dirigeait vers la porte. Elle jeta un coup d'œil par-dessus son épaule et laissa tomber :

— « *Deliver* ».

Cordélia baissa la tête vers son clavier.

— « *Deliver* »... Où ? Ah !

Elle repéra une touche marquée DEL et appuya dessus avec un ongle manucuré.

Sous ses yeux horrifiés, le programme avec lequel elle venait de se débattre pendant une heure s'effaça.

17

— Ils sont tout près, annonça Buffy.

Depuis quelques minutes, Alex et elle marchaient en silence. Derrière eux, le néant engloutissait les tunnels qu'ils venaient de traverser, et ils se sentaient de plus en plus mal à l'aise.

— Comment le sais-tu ? demanda Alex, nerveux.

— Il n'y a plus de rats.

Ce n'était pas exactement le genre d'information qu'Alex voulait entendre, mais il ne répondit pas. Buffy et lui parcoururent encore quelques centaines de mètres avant que le jeune homme ne reprenne la parole.

— Par là, dit-il en s'arrêtant. Qu'est-ce que c'est ?

Sur le côté du tunnel s'ouvrait une alcôve dont seul l'encadrement était visible, l'obscurité masquant le reste. Les deux jeunes gens jetèrent un regard à la ronde pour s'assurer qu'ils étaient toujours seuls, puis ils en approchèrent.

Alex sortit sa lampe de poche et s'en servit pour éclairer prudemment l'alcôve. Un corps immobile gisait face contre terre. Le jeune homme hoqueta de surprise.

— Jesse !

— Oh, non ! souffla Buffy.

Pendant qu'Alex l'éclairait, elle entra dans l'alcôve et voulut s'accroupir pour examiner leur camarade.

Sans crier gare, Jesse bondit sur elle en brandissant une barre de fer. Il allait lui en donner un bon coup sur la tête quand la voix d'Alex résonna dans le tunnel.

— Jesse !

Celui-ci s'immobilisa, stupéfait.

— Alex ?

L'air soulagé, le garçon lâcha son arme, se dirigea vers son ami et l'étreignit en lui flanquant de grandes tapes dans le dos.

Alex se dégagea et le tint à bout de bras pour le dévisager.

— Jesse, mon vieux, tu vas bien ?

— Ça pourrait aller mieux, avoua Jesse. (Puis, redevenant grave :) Il faut ficher le camp d'ici au plus vite !

Il baissa les yeux vers sa jambe. Une chaîne, enroulée autour de sa cheville, le gardait attaché au mur.

— Ne t'inquiète pas pour ça, le rassura Alex. Buffy est une force de la nature !

La jeune fille s'accroupit pour tester les entraves de Jesse.

— Ne bouge pas, ordonna-t-elle.

Elle saisit la barre de fer qu'il avait laissée tomber et l'abattit de toutes ses forces sur la chaîne. Les maillons volèrent en éclats avec un bruit épouvantable dont l'écho se répercuta dans le labyrinthe.

Alex frémit.

— Tout le monde a dû nous entendre, murmura-t-il, peu rassuré.

Du coin de l'œil, Buffy crut distinguer un mouvement sur le seuil de l'alcôve, comme si plusieurs silhouettes indistinctes s'agitaient dans l'ombre. Elle fit signe aux autres de la suivre.

— Ils savaient que tu viendrais, lui dit Jesse. Ils ont dit que j'étais… l'appât.

— Sans blague ? grommela Alex.

— J'ai vu leur chef, ajouta Jesse avec un air horrifié.

Revenant sur ses pas, Buffy s'engagea dans les tunnels. Soudain, elle se figea.

Les silhouettes noires et menaçantes se dressaient à l'autre bout du passage, leur barrant le chemin.

— Ouille ! lâcha Buffy.

— Non, non, gémit Jesse, tremblant de peur.

— Tu connais une autre sortie ?

— Je ne sais pas… Peut-être.

— Alors, dépêchons-nous.

Les trois jeunes gens firent demi-tour et partirent en courant dans la direction opposée. Bientôt, ils atteignirent une intersection et s'engouffrèrent dans le tunnel le plus proche.

Dans les ténèbres, ils perçurent des chuchotements entrecoupés de rires et des yeux brillèrent loin devant eux. Paniqués, ils rebroussèrent chemin et empruntèrent un autre passage.

— Attendez ! dit Jesse, à bout de souffle. Je suis déjà passé par ici en venant. Il doit y avoir une trappe qui donne vers le haut.

Sans discuter, Alex et Buffy s'élancèrent à sa suite.

Quelques instants plus tard, ils entrèrent dans une pièce sombre, et réalisèrent qu'il n'y avait pas d'autre sortie. Trop tard, les vampires les suivaient.

— Je ne crois pas qu'on puisse remonter à la surface par là ! dit Buffy en jetant à ses amis un regard inquiet.

— Nous ne pouvons pas non plus combattre ces monstres, protesta Alex. Ils sont beaucoup trop nombreux. Qu'allons-nous faire ?

— J'ai une idée, annonça Jesse, derrière eux.

Quand Buffy et Alex se retournèrent pour lui faire face, son visage déformé n'avait plus rien d'humain. Aucune lueur n'éclairait son regard froid. Ses crocs brillaient faiblement dans la pénombre.

— Vous allez mourir, dit Jesse dans un large sourire.

18

Alex s'écarta lentement de Jesse tandis que Buffy cherchait une solution. Elle jeta un coup d'œil vers l'entrée de la pièce et entendit les vampires approcher, leur ombre glissant le long des parois du tunnel.

— Jesse, dit Alex sur un ton suppliant. Mon vieux, je suis désolé…

Son ami eut une grimace de triomphe.

— Désolé ? Je ne vois vraiment pas pourquoi. Jamais je ne me suis senti aussi fort.

Pendant qu'ils parlaient, Buffy agrippa la porte métallique et tenta de la refermer. Mais le battant avait rouillé en position ouverte et refusait de céder.

Jesse avança lentement vers Alex.

— Je suis relié à tout, à présent. J'entends les vers de terre s'agiter dans le sol.

— Ç'est intéressant, gargouilla Alex.

— Je sais ce que veut le Maître, et je servirai ses desseins. Autrement dit, tu vas mourir et je me repaîtrai de ton sang.

— Alex ! cria Buffy. La croix !

Le jeune homme n'hésita pas. Il saisit le bijou et le brandit sous le nez de Jesse, qui s'arrêta net.

Le sourire hideux s'évanouit.

Buffy poussa la porte de toutes ses forces. Enfin, elle la sentit bouger. Mais elle entendit aussi les pas des vampires dans le tunnel, leurs rires étouffés se répercutant contre les parois. Ils avaient presque atteint l'entrée de la pièce. Dans les ombres mouvantes, la jeune fille aperçut leurs rictus sinistres. Ils se réjouissaient déjà de leur victoire. Ce n'était plus qu'une question de secondes.

— Jesse, essaya de nouveau Alex. Je suis ton ami, tu ne te rappelles pas ?

— Tu n'es plus qu'un vague souvenir pour moi, ricana le vampire.

Alex marcha sur lui, la croix à bout de bras.

— Dans ce cas… Efface-moi de ta mémoire !

Furieux, Jesse recula vers la porte.

En un ultime effort, Buffy raidit ses muscles pour fermer la porte. Elle vit les vampires se masser dans le passage. Plus près... Toujours plus près...

Jesse bondit en avant et bouscula Alex, qui lâcha la croix. Sans crier gare, Buffy ceintura Jesse et le projeta hors de la pièce, s'en servant comme d'une boule de bowling pour renverser les autres vampires.

Les yeux écarquillés, Alex la regardait sans bouger.

— Aide-moi ! cria-t-elle.

Il se ressaisit et courut lui prêter main-forte. Dos au battant de la porte, ils s'arc-boutèrent et poussèrent de toutes leurs forces. Enfin, ils entendirent le crissement du métal qui cédait. La porte commença à se refermer avec un bruit sourd.

Un bras jaillit par l'ouverture et se tendit vers les jeunes gens, des griffes hideuses s'agitant pour leur lacérer la figure.

Buffy claqua la porte sur le bras à plusieurs reprises, jusqu'à ce que son propriétaire batte en retraite. Puis elle réussit à verrouiller le battant et elle se tourna vers Alex.

Haletant et très pâle, son compagnon ne réalisait pas ce qui était arrivé à Jesse.

— Je ne parviens pas à y croire, se lamenta-t-il. Nous sommes arrivés trop tard.

La porte vibra. Les vampires essayaient de l'enfoncer.

— Il faut filer d'ici, déclara Buffy, résolue.

— Je ne vois pas comment !

Un autre coup menaçait d'arracher le battant à ses gonds rouillés. Buffy regarda autour d'elle, cherchant un moyen de se tirer de ce mauvais pas.

Alex scrutait la pièce. Soudain, il aperçut quelque chose en haut d'un mur. On aurait dit une bouche d'aération. En tendant l'oreille, il entendit un souffle derrière la grille métallique.

— C'est quoi ? demanda-t-il, le nez en l'air.

Buffy grimpa sur une caisse abandonnée pour atteindre la bouche d'aération. L'ouverture était assez large pour qu'Alex et elle puissent s'y faufiler.

À mains nues, la jeune fille tenta d'arracher la grille métallique. Elle fit de son mieux pour ignorer les vampires qui continuaient à s'acharner sur la porte, laquelle donnait des signes de faiblesse.

Le regard anxieux d'Alex passait alternativement de Buffy à la porte sortie de ses gonds et qui bâillait juste assez pour qu'on puisse glisser une main...

Enfin, la grille céda. Buffy la laissa tomber sur le sol, où elle souleva un nuage de poussière.

— Viens !

C'est alors qu'un vampire jaillit du conduit d'aération. Ses bras pourrissants se tendaient vers Buffy. Ses doigts osseux se refermèrent autour du cou de la jeune fille.

Simultanément, la porte s'entrebâilla davantage, et une créature grimaçante passa la tête dans la pièce.

Buffy prit le vampire par le col et le projeta avec violence sur le sol. Alors qu'il était sonné par sa chute, elle lui bondit dessus et le cloua à terre.

— Va-t'en ! hurla-t-elle à Alex.

Son ami ne discuta pas. Il passa en courant devant elle et sauta sur la caisse au moment où Buffy plongeait un pieu dans le dos de son adversaire.

D'une main tremblante, Alex alluma sa lampe de poche et éclaira l'intérieur du conduit, qui semblait vide. Jetant un dernier regard à Buffy, il se hissa par la bouche d'aération et rampa vers le salut.

Derrière lui, il entendit la porte céder et s'abattre avec un grand fracas métallique.

À la dernière seconde, Buffy s'élança. Elle agrippa le bord du conduit à deux mains, exécuta un rétablissement et se démena pour rattraper Alex.

Les deux jeunes gens avancèrent à quatre pattes dans les ténèbres. Ils étaient conscients que les créatures les suivaient, leurs corps pourris se glissant un à un dans le conduit. Ils ignoraient quelle distance ils avaient parcourue quand le tunnel déboucha sur un passage beaucoup plus large. Face à eux, une échelle conduisait vers le haut. Levant la tête, ils aperçurent l'éclat lointain du soleil.

— Par là ? interrogea Alex en jetant un coup d'œil à Buffy par-dessus son épaule.

— Question idiote ! répliqua la jeune fille.

Alex commença à grimper, Buffy sur les talons. Parvenu au sommet de l'échelle, il repoussa la grille et se hissa dans une rue déserte. Puis il s'agenouilla au bord de l'ouverture et tendit les mains à Buffy.

Elle était presque dehors quand elle sentit quelque chose sur sa cheville. Des griffes s'enfoncèrent dans sa chair.

Un vampire essayait de la tirer en arrière.

Alex referma ses bras autour de la jeune fille pour mieux la tirer vers lui. Joignant leurs forces, ils réussirent à amener la main de la créature à la lumière du soleil.

Les doigts du vampire commencèrent à fumer. Une odeur de chair brûlée s'élevait de la bouche d'égout. La créature poussa un hurlement épouvantable et battit en retraite.

Buffy se hissa hors du trou puis Alex replaça la grille.

Les deux jeunes gens s'allongèrent sur le trottoir, haletants. Un long moment, ils restèrent ainsi, sans prononcer un mot ni faire un geste. Sonnés et à bout de forces, ils tentaient seulement de reprendre leur souffle.

19

Le Maître se leva de sa chaise. Son expression et ses yeux étaient encore plus durs que d'habitude. Debout face à lui, plusieurs vampires s'agitaient, mal à l'aise. Il prit son temps pour s'adresser à eux, goûtant la terreur qu'il leur inspirait et laissant son regard s'attarder sur chacun pendant de longues secondes.

— Elle s'est échappée, déclara-t-il enfin. Elle court toujours alors que je devrais me repaître de son cœur encore tiède. Vous êtes des incapables.

Un vampire appelé Colin trouva le courage de parler.

— Nous l'avions coincée, mais…

Le Maître le fit taire d'un regard.

— Ne me dites pas que vous comptez me présenter des excuses, siffla-t-il. Vous êtes des faibles. Ça fait trop longtemps que vous n'avez pas affronté de Tueuse.

Il réfléchit un moment, puis ajouta :

— Mais peu importe. Elle n'empêchera pas la Moisson. Ce sera juste une proie intéressante à tuer quand je remonterai à la surface…

Il fit un pas en direction de Colin et se pencha vers lui.

— Luke est-il prêt ?

Colin acquiesça.

— Il vous attend.

Le Maître parut satisfait de cette nouvelle. Il fit signe à un autre vampire, qui avait gardé la tête baissée depuis le début.

— Va me le chercher, ordonna-t-il.

Puis, comme si cette pensée venait de l'effleurer :

— Oh, et… Colin, tu as saboté la mission que je t'avais confiée. Dis-moi combien tu es désolé.

Le vampire sentit l'étau de la peur se refermer sur lui.

— Je suis désolé, chuchota-t-il.

— Tu vois ? fit le Maître. Ce n'était pas difficile. Ne bouge pas…

D'un geste vif, il enfonça son index griffu dans l'orbite de Colin, qui poussa un cri de douleur.

— Je crois que tu as quelque chose dans l'œil, dit calmement le Maître.

20

Giles était toujours en train de consulter ses notes. Quand il réalisa que quelqu'un venait d'entrer dans la bibliothèque, il leva un regard rempli d'espoir.

— Buffy ?

Willow secoua la tête.

— Navrée, ce n'est que moi. Si je comprends bien, vous n'avez toujours pas de nouvelles ?

Les épaules de Giles s'affaissèrent.

— Pas encore.

Il ôta ses lunettes d'un geste las.

— Je suis sûre qu'ils vont bien, dit Willow, pour se rassurer autant que pour réconforter le bibliothécaire.

Celui-ci hocha la tête, l'air peu convaincu.

— Tu as trouvé quelque chose d'intéressant ? demanda-t-il pour changer de sujet.

La jeune fille s'assit et lui tendit les articles qu'elle venait d'imprimer.

— Je crois, avança-t-elle. En consultant les archives du journal local, j'ai découvert qu'une vague de meurtres avait eu lieu ici un peu avant le tremblement de terre de 1937.

— Formidable ! (Giles se redressa et chaussa de nouveau ses lunettes.) Enfin, se reprit-il, tu vois ce que je veux dire. Continue.

Willow feuilleta les articles.

— C'est tout à fait ce que vous cherchiez : les victimes étaient marquées à la gorge et vidées de leur sang. Ça a duré des mois, et la police n'a jamais découvert le moindre indice.

— Ça se présente plutôt bien, dit Giles en se frottant les mains. Pardon : plutôt mal.

L'heure de la Moisson approchait.

Au fond de l'église, Darla alluma la dernière rangée de cierges. Elle recula, les contemplant d'un air solennel. À l'autre bout du sanctuaire, un second vampire achevait la même tâche.

Les flammes vacillantes projetaient une lueur maladive sur la congrégation et sur l'autel près duquel le Maître attendait.

Les fidèles psalmodiaient, produisant un murmure qui aurait glacé le sang de n'importe quel mortel.

Luke avança en ôtant sa chemise. Il se dirigea vers l'autel et s'agenouilla humblement devant le Maître. Quand celui-ci lui tendit la main, il la baisa. Lorsqu'il la lui présenta paume ouverte, Luke la baisa encore. Puis, avec d'infinies précautions, il saisit le poignet du Maître, le porta à sa bouche et y enfonça ses crocs.

Le Maître frémit. Fermant les yeux, il sentit le flot des siècles couler dans ses veines. Tandis que Luke buvait son sang, il renversa la tête, en proie à une délicieuse douleur.

— Mon sang se mêle au tien, entonna-t-il. Mon âme est ton domaine.

— Mon corps est votre instrument, murmura Luke.

Il s'écarta. Le Maître préleva une goutte écarlate sur son poignet, et s'en servit pour tracer sur le front de son serviteur une étoile à trois branches.

Puis il se tourna vers ses disciples et prit la parole.

— Cette nuit, infernale entre toutes, nous ne faisons plus qu'un. Luke est le Calice. Chaque âme qu'il prendra me nourrira et me donnera le pouvoir de me libérer.

Un sourire naquit sur ses lèvres. Il plissa les yeux.

— Ce soir, je marcherai à nouveau sur la Terre… Et les étoiles elles-mêmes trembleront de frayeur.

Sales et échevelés, Buffy et Alex entrèrent dans la bibliothèque d'un pas chancelant.

Willow et Giles les dévisagèrent, ébahis. Il semblait évident que leurs recherches n'avaient pas eu la conclusion espérée. Pourtant, Willow ne put s'empêcher de poser la question.

— Et Jesse ? Vous l'avez trouvé ?

— Ouais, grommela Alex en baissant la tête pour ne pas croiser son regard.

Buffy se laissa tomber dans un fauteuil.

— Je suis navrée, Willow. Nous sommes arrivés trop tard, et ils nous attendaient.

Willow secoua la tête.

— Au moins, vous vous en êtes tirés sains et saufs.

— Je hais les vampires ! cria Alex. (Il flanqua un coup de pied à la poubelle.) Je vais manifester pour que le gouvernement les interdise !

Buffy se tourna vers le Gardien.

— Alors, Giles, n'avez-vous rien d'autre à m'annoncer pour achever de me gâcher la journée ?

— La fin du monde, ça te va ?

— Je savais que je pouvais compter sur vous.

— Voilà les informations dont nous disposons. Il y a soixante ans, un vampire très vieux et très puissant est venu ici, mais pas uniquement pour se nourrir.

Buffy s'assit devant la grande table, le menton sur les mains.

— Laissez-moi deviner : parce que Sunnydale est un centre d'énergie mystique.

— Exactement. Les Espagnols qui s'y sont installés à l'origine l'appelaient *Boca del Infierno* : la Bouche de l'Enfer. (Giles commença à faire les cent pas.) C'est une sorte de portail entre ce monde et un autre... Je pense que le vampire espérait l'ouvrir.

— Pour ramener les démons, je suppose ?

— Pour provoquer la fin du monde, corrigea Alex.

— Mais il s'est planté, annonça Willow. Un tremblement de terre a englouti la moitié de la ville, et lui avec. C'est ce que j'en ai déduit, car les meurtres ont cessé à ce moment-là.

— L'ouverture de portails dimensionnels n'est pas une mince affaire. Je pense qu'il a été victime de son propre sort, et qu'il s'est retrouvé coincé comme un bouchon dans une bouteille, dit Giles d'un air pensif.

— Et la fameuse Moisson doit servir à le libérer ? s'enquit Alex.

— Elle peut avoir lieu une fois par siècle. En l'occurrence, ce soir.

Giles se dirigea vers le tableau noir où il avait tracé plusieurs diagrammes à la craie.

— Grâce à un rituel, le Maître tire son pouvoir d'un de ses serviteurs — appelé

Calice — pendant que celui-ci se nourrit. En assez grande quantité, cette puissance devrait lui permettre de s'échapper et de rouvrir le portail. Le Calice porte ce symbole, expliqua le bibliothécaire en désignant une étoile à trois branches.

— Donc, dit Buffy en s'efforçant de prendre un ton optimiste, il suffit que je pulvérise le gars en question. Un coup d'aspirateur, et hop ! la Moisson n'aura pas lieu.

— En gros, oui.

— Avez-vous une idée de l'endroit où elle devrait se faire ?

Avant que Giles puisse ouvrir la bouche, Alex lança :

— Le *Bronze* ! Je suis sûr qu'ils iront là-bas !

Les autres le dévisagèrent.

— Pourquoi ? s'enquit Willow.

— Réfléchis ! Ça grouille de jeunes mortels chaque soir. Pour des vampires, c'est l'endroit idéal pour se ravitailler.

— Dans ce cas, nous devons y aller, déclara Giles. Le soleil ne tardera pas à se coucher.

Ils se dirigèrent tous les quatre vers la porte.

— Je vous rejoindrai là-bas, annonça Buffy en s'écartant. Je n'en ai pas pour longtemps.

— Où vas-tu ? demanda Giles.

Elle eut un petit sourire mystérieux.

— Chercher des munitions.

21

Le crépuscule tombait déjà. Les derniers rayons écarlates pénétraient par la fenêtre de la chambre de Buffy, inondant le sol. La sphère embrasée du soleil se couchait à l'horizon.

— Buffy ? appela Joyce Summers depuis le couloir.

La jeune fille entendit, mais elle ne répondit pas. Elle continuait à fouiller sa penderie quand sa mère entra dans la pièce.

Si je dois être une Tueuse, autant que j'en aie l'air, songea Buffy. *Je ne peux pas mettre de vieilles frusques pour me rendre à la Moisson...*

Finalement, elle opta pour sa veste en cuir brun.

— Tu sors ? demanda Joyce derrière elle.

Buffy entendit de la désapprobation dans la voix de sa mère. Elle s'efforça de prendre un ton détaché.

— Oui, j'ai rendez-vous.

— Je ne t'ai pas entendue rentrer la nuit dernière.

— J'ai fait attention à ne pas te réveiller, répliqua Buffy.

— Tu as recommencé, n'est-ce pas ? soupira Joyce.

Buffy se figea. Elle se redressa, fit volte-face et soutint le regard de sa mère.

— Ton proviseur m'a appelée, expliqua Joyce. Il dit que tu as manqué plusieurs cours aujourd'hui.

— J'ai dû... aller faire une course.

Embarrassée, Buffy se concentra sur la penderie. Elle en sortit un coffre qu'elle ouvrit, et dont elle examina le contenu. Les yeux de sa mère étaient vrillés dans son dos.

— Nous n'avons pas fini d'emménager, et je reçois déjà des coups de fil de ton proviseur, insista Joyce.

— Maman, je te promets que ce sera différent cette fois-ci, dit Buffy d'une voix suppliante. Mais il faut absolument que je sorte ce soir.

— Non.

La jeune fille n'en crut pas ses oreilles.

— Maman...

Elle leva les yeux vers la fenêtre. Dehors, l'obscurité s'épaississait rapidement.

Mais Joyce restait plantée dans l'encadrement de la porte.

— Mon psy m'a conseillé d'être plus ferme, expliqua-t-elle, presque sur la défensive. Donc... non.

— C'est très important.

— Je sais : si tu ne sors pas, ce sera la fin du monde. Tout est une question de vie ou de mort quand on a seize ans.

— Maman, je n'ai pas le temps de discuter...

— Oh, que si ! Tu as toute la nuit devant toi, Buffy, parce que tu n'iras nulle part. Mais si tu veux, tu peux rester cloîtrée dans ta chambre et bouder. C'est ton droit le plus strict.

Joyce s'avança vers sa fille et, prenant une grande inspiration, lui posa les mains sur les épaules.

— Si tu acceptes de dîner avec moi, le couvert est déjà mis...

Elle sortit, refermant la porte derrière elle. Buffy resta immobile un moment, puis secoua la tête et se remit à fouiller dans le coffre. C'était là qu'elle gardait toutes ses affaires personnelles : photos, lettres, journal intime, souvenirs d'enfance...

Elle saisit le double fond et le souleva. Elle était la seule à connaître la cachette de son arsenal, un assortiment de pieux et de croix, un paquet d'hosties, un chapelet d'ail et une gourde d'eau bénite.

Elle fourra le tout dans son sac, ne conservant à proximité qu'un pieu à l'aspect particulièrement agressif. Il tenait dans sa main comme une extension de son bras. Buffy le glissa dans sa manche et se dirigea vers la porte de sa chambre. Elle colla son oreille au battant. En bas, tout était calme.

Sur la pointe des pieds, elle s'approcha de la fenêtre, la souleva. Puis elle sauta dans la terre meuble du jardin, et les ténèbres l'engloutirent.

22

— Les garçons de terminale, c'est la seule solution, déclara Cordélia avec un ennui étudié.

Une fois de plus, elle tenait sa cour au *Bronze*. Ses groupies admiratives étaient rassemblées autour d'elle à une table de la mezzanine.

— Soyons lucides : ils appartiennent à une caste supérieure, reprit la jeune fille. Ceux de seconde sont encore des mômes. Prenez Jesse, par exemple : vous l'avez vu, la nuit dernière ? (Elle leva les yeux au ciel, l'air mi-amusé, mi-dégoûté.) La façon dont il me suit partout... On croirait un petit chien : tout ce qu'il m'inspire, c'est une envie de meurtre.

Elle se pencha en avant.

— Mais les garçons de terminale sont très mystérieux. Et surtout, ils ont... Allons, je l'ai sur le bout de la langue... Des *voitures*.

Près d'elle, Raine ouvrit la bouche pour parler.

Cordélia ne lui en laissa pas le temps.

— Je ne suis pas du genre à me fixer, expliqua-t-elle avec une moue dédaigneuse. Quand j'entre dans un magasin de vêtements, il faut toujours que j'en ressorte avec ce qu'il y a de plus cher... Pas parce que c'est de meilleure qualité, mais parce que ça vaut plus d'argent.

Raine voulut encore prendre la parole. De nouveau, Cordélia l'en empêcha.

— Hé ! dit-elle en lui jetant un regard meurtrier. Ça ne te ferait rien de me laisser terminer une phrase, Miss Pipelette ? Oh ! J'adore cette chanson.

Elle bondit sur ses pieds et se dirigea vers l'escalier, sa clique sur les talons.

Quelques minutes plus tard, Cordélia se déhanchait au milieu de la foule, consciente des regards masculins posés sur elle. Elle savait de quoi elle avait l'air. Et tant pis — ou tant mieux — si les autres filles en crevaient de jalousie.

À cet instant, Jesse entra dans le club.

Il n'était plus l'adolescent gauche que Cordélia avait connu et méprisé. Ses yeux brillaient, pleins d'assurance, et son pas nonchalant avait quelque chose d'irrésistible. Son regard se posa sur Cordélia ; un sourire flotta sur ses lèvres.

Devant le *Bronze*, tout était plutôt calme. Quelques vagabonds discutaient, appuyés contre la façade, mais le trottoir semblait désert.

Personne ne vit arriver les huit silhouettes qui remontaient la rue d'une démarche féline, le visage baigné par la lueur des réverbères. Pas une ne prononçait un mot.

Pas même Luke.

Jesse se fraya lentement un chemin parmi la foule, contournant Cordélia sans jamais la quitter des yeux.

La jeune fille ne le remarqua pas tout de suite. L'intensité de son regard attira finalement son attention. Quand elle le reconnut, elle laissa échapper un hoquet de surprise.

Jesse avait quelque chose de différent. Cordélia n'aurait su dire quoi, mais ça le rendait étrangement séduisant.

Les premières notes d'un slow retentirent dans la grande salle du club. Cordélia s'arrêta de danser pour regagner le bord de la piste mais Jesse apparut devant elle, lui bloquant la route. Un sourire confiant s'épanouit sur son visage.

— Que veux-tu ? demanda Cordélia avec brusquerie.

Mais elle savait que personne n'était dupe : pas elle, et certainement pas Jesse. Sans un mot, il lui prit la main et la ramena au centre de la piste.

— Hé ! protesta Cordélia. Espèce de pithécanthrope ! Qui t'a donné la permission ?

Il se tourna vers elle avec un sourire irrésistible.

— Tais-toi, ordonna-t-il.

Elle n'aurait jamais cru que Jesse soit aussi bon danseur. La plaquant contre lui, il se mit à onduler au rythme de la musique.

Le cœur de Cordélia battait à tout rompre, ses défenses fondaient peu à peu.

— C'est bon, mais juste pour cette fois, murmura-t-elle en posant la tête sur sa poitrine.

Luke et sa bande aperçurent le videur avant qu'il ne les repère. L'homme se tenait devant l'entrée du *Bronze*, l'air autoritaire. Alors que les nouveaux venus se dirigeaient vers la porte, il tenta de les arrêter.

— Je peux voir votre carte d'identité ? demanda-t-il poliment.

Tous firent mine de ne pas l'avoir entendu. Le videur, qui ne recherchait pas spécialement les ennuis, haussa la voix.

— Personne ne peut entrer tant que je n'ai pas vu…

Luke n'avait pas de temps à perdre avec ce mortel. Il le saisit par le col de sa chemise et approcha son visage du sien.

Face à ce regard glacial, le videur perdit toute son assurance.

— Entrez, ordonna-t-il à ses compagnons.

Dès qu'ils eurent franchi le seuil du club, les vampires se déployèrent, chacun se dirigeant vers une issue pour la bloquer. Deux d'entre eux restèrent près de l'entrée principale.

Darla se chargea de la porte des coulisses. Un autre vampire s'approcha du bar, sauta par-dessus et alla se poster devant la sortie de secours. Pendant qu'un troisième grimpait vers la mezzanine, Luke monta sur la scène.

Darla vérifia la porte, s'assurant qu'elle était verrouillée. Puis elle ouvrit le placard du disjoncteur, sur le mur, et fit sauter un fusible.

Aussitôt, les stroboscopes s'éteignirent et la musique se tut. Des murmures et des cris de surprise parcoururent la foule. Les clients se regardèrent, désorientés, jusqu'à ce qu'une voix s'élève dans le micro.

— Mesdames et messieurs, annonça Luke, inutile de paniquer...

Un unique projecteur éclairait encore la scène. Certain d'avoir capté l'attention de son public, Luke avança dans le rond de lumière.

— ... non que vous n'ayez pas de bonnes raisons de le faire, continua-t-il avec un sourire moqueur. Mais ça ne vous servira à rien, alors…

Il perçut la répulsion et l'incrédulité de la foule, puis sentit une vague de faiblesse et de panique se répandre dans les veines des jeunes gens. Tant mieux : il se nourrissait de ce genre d'émotions. Elles le rendaient plus fort.

Un couple terrifié tenta de sortir. Luke sourit en voyant les deux vampires de l'entrée secouer la tête en signe de dénégation. Leurs visages étaient aussi répugnants que celui de leur chef.

Les adolescents reculèrent.

Les mains de Jesse toujours posées sur ses épaules, Cordélia fixait la scène.

— Je croyais qu'il n'y avait pas de groupe prévu ce soir, déclara-t-elle d'une voix atone.

Elle jeta un coup d'œil à son cavalier et poussa un cri. Jesse avait changé. Il s'était transformé en une horrible créature. Cordélia voulut se dégager, mais il la tenait fermement et la poussa sous l'escalier.

Le moment était venu.

— Cette nuit sera glorieuse, dit Luke, ses yeux de prédateur scrutant les visages levés vers lui. Ce sera aussi la dernière de votre vie.

Quelques secondes, un silence tendu plana sur le club. Puis Luke ordonna :

— Amenez-moi le premier !

Un vampire jeta le videur à ses pieds.

— Mais que cherchez-vous ? demanda l'homme d'une voix plaintive. De l'argent ? Et puis, qu'avez-vous à la figure ?

Luke le saisit par la peau du cou, lui ôtant toute possibilité de continuer son interrogatoire.

— Regardez-moi, mortels ! cria-t-il. (Il s'adressa à la victime qui se débattait entre ses griffes :) Leur terreur est un véritable nectar, presque aussi délectable que le sang.

D'un geste vif, il mordit le cou de l'homme, aspirant sa vie à longues goulées.

Un brouillard écarlate enveloppa Luke. Il sentait que son Maître reprenait des forces. Le pouvoir ancestral se répandait à nouveau dans ses veines et l'illuminait comme une aura divine. Luke continua à s'abreuver.

Quelques minutes plus tard, il renversa la tête en arrière et jeta au pied de la scène le cadavre du videur.

— Au suivant !

23

Quand Buffy et les autres atteignirent finalement le *Bronze*, il n'y avait personne dehors, et la porte de devant était fermée à clé.

— Je ne peux pas l'ouvrir, annonça Buffy.

Giles paraissait sur le point de vomir.

— Nous arrivons trop tard.

— Je ne pouvais pas deviner que je serais privée de sortie ! cria Buffy, exaspérée.

— Tu ne peux pas enfoncer la porte ? suggéra Alex.

La jeune fille secoua la tête.

— Je suis forte, mais pas à ce point. Faites le tour et essayez la sortie de secours. Je trouverai bien un moyen d'entrer de mon côté.

— D'accord. Venez, dit Giles à Alex et à Willow.

— Une minute, les retint Buffy.

Ils s'arrêtèrent ; elle leur tendit son sac.

— Tout ce que je vous demande, c'est de dégager une issue et de faire sortir les gens, expliqua-t-elle. Ne commencez surtout pas à jouer aux cow-boys.

— On se retrouve à l'intérieur, acquiesça Giles.

Ils firent le tour du bâtiment par la droite, tandis que Buffy allait vers la gauche. L'expression résolue, elle gardait le regard fixé sur le toit du *Bronze*.

Il ne fallut qu'une minute à Giles et aux autres pour atteindre la porte de derrière. Alex appuya sur la poignée. Sans résultat. Les vampires avaient tout verrouillé, et ils ne virent rien qui puisse leur permettre de forcer l'ouverture.

— Malédiction ! explosa Alex. Il faut absolument entrer avant que Jesse fasse quelque chose d'encore plus stupide que d'habitude.

Giles le prit par les épaules.

— Alex, dit-il doucement. Jesse est mort. Tu devras t'en souvenir si tu le croises. Ce n'est pas ton ami que tu verras, mais la chose qui l'a tué.

Le Maître devenait de plus en plus puissant. Tout son être semblait irradier d'énergie, de lumière, de force indomptable et de vie éternelle. Il avança vers le mur immatériel qui le retenait prisonnier, posa les mains dessus et le poussa.

Lentement, la barrière commença à se désintégrer. Petit à petit... Bientôt...

— Presque libre, murmura le Maître.

Il ferma les yeux et, d'une voix qui résonna dans tout le sanctuaire, cria :

— Encore ! J'en veux encore !

Gorgé de pouvoir, Luke lâcha négligemment le cadavre qu'il venait de vider de son sang et regarda autour de lui, cherchant sa prochaine victime parmi les otages.

Les jeunes gens étaient terrifiés. Les deux corps qui gisaient sans vie sur la scène leur avaient fait comprendre que le cauchemar était bien réel, et qu'ils ne pourraient pas y échapper. Des cris et des gémissements pitoyables s'élevaient de la foule.

Sous l'escalier, Darla faisait face à Jesse, qui tenait toujours le poignet de Cordélia et semblait décidé à ne pas la lâcher.

— Celle-ci est à moi, dit-il.

Mais Darla n'avait pas de temps à perdre avec un novice.

— Toutes les victimes sont pour le Maître, corrigea-t-elle en lui arrachant l'adolescente hébétée et en la poussant vers la scène.

— Je ne peux même pas en garder une ? protesta Jesse, déçu.

Ils ne virent pas s'ouvrir la fenêtre de la mezzanine, devant laquelle un de leurs camarades montait distraitement la garde.

Buffy se glissa à l'intérieur du club et s'immobilisa le temps d'évaluer la situation.

— Je sens que le Maître prend des forces ! clama Luke. Apportez-moi une autre victime !

La jeune fille aperçut l'étoile à trois branches dessinée sur son front.

— Le Calice, murmura-t-elle.

Cette fois, le vampire de faction l'entendit. Il pivota, la saisit à bras-le-corps et s'approcha de la rambarde pour la présenter à Luke.

— Ce soir est celui de son ascension, continuait-il. Ce soir marquera la fin de l'histoire humaine ! Succombez en paix, car glorieux est votre sacrifice.

Il marqua une pause, son regard brûlant scrutant l'assemblée.

— Alors, pas de volontaires ?

Darla émergea de la foule, poussant Cordélia.

— Je t'ai trouvé de la chair bien fraîche, annonça-t-elle.

— Nooooon !

Cordélia se débattit en vain. Elle pleurait tandis que Darla l'obligeait à monter sur scène et la tendait à Luke.

Buffy profita de cette diversion pour échapper à son adversaire. D'un geste vif, elle le projeta par-dessus la rambarde. Le vampire atterrit sur le dos, juste devant la scène.

Le silence s'abattit sur la salle.

— Navrée, railla Buffy. On dirait que je tombe mal.

Luke leva vers elle un visage déformé par la fureur.

— Toi !

— Tu ne croyais pas que j'allais manquer ça, quand même ? lança-t-elle d'un ton désinvolte.

Toute couleur déserta les joues de Luke et ses lèvres dessinèrent un sourire mauvais.

— Au contraire. J'espérais que tu viendrais.

24

Enfin, ils réussirent à ouvrir la porte.

Brandissant une barre de fer, Giles se faufila dans les coulisses du *Bronze*, Alex et Willow sur ses talons.

Au même moment, dans la grande salle du club, un vampire se précipita vers Buffy. La jeune fille le ceintura et le poussa dans la fosse réservée aux billards. Pendant qu'il tentait de se relever, elle effectua un saut arrière et atterrit sur une des tables.

Elle se baissa pour saisir une queue de billard abandonnée. Tandis que le monstre avançait, elle la lui enfonça dans le cœur. Buffy lâcha l'arme improvisée, et le vampire tituba un instant avant de tomber en poussière.

— Très bien, dit-elle en se tournant vers Luke, une lueur de défi dans les yeux. Tu veux du sang ? Je vais t'en donner.

— C'est le tien qui m'intéresse, dit Luke. Seulement le tien.

— Dans ce cas, viens le chercher.

Saisissant sa chance, Cordélia tenta d'échapper à Luke. Celui-ci la repoussa brutalement. Buffy en profita pour lui sauter dessus et lui flanquer son poing dans la figure. Surpris par sa force, le vampire recula en poussant un grognement de douleur. Mais il se reprit aussitôt et contre-attaqua.

Buffy esquiva et le frappa de nouveau. Cette fois, ce fut un coup de pied bien placé qui atteignit Luke à la tempe. Elle profita de la confusion du vampire pour dégainer son pieu et viser. Mais, avant qu'elle puisse frapper, Luke se ressaisit et lui flanqua un coup sur la tête.

Buffy recula vers un coin de la scène. Elle était en plus mauvais état qu'elle ne voulait l'admettre. Ses doigts s'ouvrirent, laissant le pieu rouler aux pieds de Luke.

Tandis que la foule paniquée fuyait dans toutes les directions, la porte des coulisses s'ouvrit à la volée.

Alex jaillit dans la grande salle, jeta un regard autour de lui et vit que les environs immédiats étaient heureusement dépourvus d'ennemis. Sans perdre de temps, il désigna la sortie aux clients terrorisés.

— Par ici ! hurla-t-il.

Giles et Willow étaient restés dans les coulisses pour guider la foule vers la sortie de secours.

Alors que commençait l'évacuation du club, Luke se rapprochait de Buffy pour l'achever.

D'un coup de pied dans la poitrine, la jeune fille le projeta contre le mur, qu'il heurta avec un bruit sourd. Leurs positions étant inversées, elle se prépara à lui porter le coup de grâce. Alors elle repéra Alex.

Trop occupé à faire sortir les clients, le jeune homme n'avait pas remarqué le vampire qui approchait dans son dos.

Buffy se tourna vers la batterie, détacha les cymbales d'un coup de pied, les rattrapa au vol.

Le vampire saisit Alex, dont les yeux s'écarquillaient de frayeur.

Buffy lança les cymbales comme s'il s'était agi d'un Frisbee. Le vampire tourna la tête vers elle, mais il n'eut pas le temps d'esquiver. Les disques métalliques s'enfoncèrent dans son cou.

Alex se dégagea et fit un bond sur le côté. Incrédule, il regarda la tête du vampire se détacher de son corps et rouler sur le sol.

— Encore un qui a perdu la tête pour Buffy, murmura-t-il.

Luke fondit sur son adversaire. Il referma ses bras autour de la jeune fille et la souleva en l'étreignant à la manière d'un ours.

Alex voulut porter secours à son amie, mais un hurlement aigu l'arrêta net. Faisant volte-face, il aperçut Jesse en train de traîner Cordélia vers l'escalier. Comme elle se débattait, le vampire la jeta à terre.

— Cesse de gigoter ! gronda-t-il. Tu ne me facilites vraiment pas les choses !

Alex s'approcha d'eux, un pieu à la main. C'était facile : il n'avait qu'à plonger son arme dans le dos de Jesse pour mettre un terme à cette horreur.

Au lieu de cela…

— Jesse, mon vieux, dit-il sur un ton suppliant. Ne m'oblige pas à faire ça.

Le vampire leva les yeux et le gratifia d'une grimace qui n'avait rien d'humain. Il ressemblait à une créature de cauchemar.

— Te voilà, Alex...

Buffy se débattait en vain contre Luke. La tête lui tournait car son adversaire la serrait de plus en plus fort. Des taches noires dansèrent devant ses yeux. La jeune fille ouvrit la bouche pour tenter d'aspirer un peu d'air. Et, de très loin, elle crut entendre Luke éclater de rire.

25

La panique avait atteint des proportions alarmantes. Dans les coulisses, les gens se précipitaient vers l'extérieur en se piétinant.

Giles se fraya un chemin parmi eux.

— Viens ! cria-t-il à Willow. Nous devons ouvrir aussi la porte de devant !

Remontant à contre-courant le flot des clients, le bibliothécaire tenta d'entrer dans la grande salle du club. Il eut à peine le temps de faire un pas : Darla jaillit de nulle part et se jeta sur lui, les griffes tendues vers sa gorge.

Giles voulut utiliser son pieu, mais ses jambes se dérobèrent, et il tomba, lâchant l'arme.

Alors que Jesse se relevait pour lui faire face, Alex recula d'un pas.

— Jesse, je sais qu'il reste un peu de toi quelque part à l'intérieur de ce monstre, insista-t-il.

Le vampire eut l'air exaspéré.

— Très bien, mettons-nous d'accord une fois pour toutes : Jesse était un minable incapable de sortir avec une fille qui n'était pas aveugle ! Mais regarde-moi : je suis un homme neuf !

Pour prouver ses dires, il empoigna Alex et le projeta contre le mur. L'adolescent s'effondra à côté de Cordélia.

— Tu vois ? L'ancien Jesse aurait essayé de te convaincre, dit le vampire. Pas moi.

Giles ne faisait pas le poids face à Darla.

Pendant que Willow fouillait le sac de Buffy à la recherche d'une arme, le bibliothécaire continua à se battre tout en sachant qu'il allait perdre.

Darla le plaqua à terre. Il leva les yeux vers elle et vit ses crocs descendre vers son cou.

— Fiche-lui la paix ! cria Willow.

Surprise, Darla tourna la tête vers la jeune fille. Quelque chose de mouillé l'atteignit au visage, et elle réalisa — mais trop tard — qu'on venait de l'asperger d'eau bénite.

Poussant un cri, elle porta les mains à ses joues. De la fumée s'éleva entre ses doigts. Giles la repoussa et se leva, prêt à l'affronter de nouveau. Mais Darla se dirigeait à tâtons vers la sortie, son visage transformé en masque de douleur.

Sur scène, il semblait bien que Buffy était près de succomber.

Elle cessa de se débattre. Son corps devint mou comme celui d'une poupée de chiffons et sa tête bascula en avant sur sa poitrine.

Le vampire la regardait en souriant. Une joie sauvage, mêlée de soulagement, s'empara de lui, et il marmonna son humble prière.

— Goûtez son sang, Maître, et libérez-vous.

Il retroussa les babines, découvrant ses crocs, puis baissa la tête vers le cou de sa victime.

Buffy le frappa si fort qu'il mit un moment à réaliser ce qui se passait. Le crâne de la jeune fille entra violemment en contact avec le menton du vampire. Cet impact inattendu faillit le faire tomber à la renverse.

— Alors, j'ai bon goût ? lança-t-elle sur un ton de défi.

Malgré son ironie, elle était encore très faible. Elle réussit à attraper le pied des cymbales et le brandit devant elle comme une arme, tout en balayant les environs du regard.

Alors elle remarqua la fenêtre surplombant la scène. Elle ne l'avait jamais vue jusque-là, parce que quelqu'un l'avait peinte en noir. Buffy baissa les yeux vers Luke en dissimulant un sourire.

Jesse se pencha pour ceinturer Alex et le projeter une nouvelle fois contre le mur. Il en avait assez qu'on l'interrompe sans cesse pour lui rappeler un passé qui ne signifiait plus rien.

Il dévisagea la proie qui avait été son ami.

— J'en ai marre de t'avoir dans les pattes ! grogna-t-il. Cordélia vivra pour toujours. Mais toi, tu vas mourir.

Rassemblant tout son courage, Alex leva son pieu vers la poitrine de Jesse en se mordant la lèvre d'un air résolu. Le vampire ne put s'empêcher de l'humilier.

— C'est ça, vas-y ! Délivre-moi de cette existence maudite ! Je parie que tu n'en auras pas le...

Les mots restèrent coincés dans sa gorge. Sentant une douleur aiguë dans son estomac, il baissa les yeux.

Une adolescente paniquée venait de passer derrière lui. En courant, elle l'avait bousculé, et il était venu s'empaler de lui-même sur l'arme d'Alex.

Jesse ouvrit la bouche, mais aucun son n'en sortit. Il tendit une main vers Alex...

Le jeune homme regarda la créature qui avait autrefois été son ami se désintégrer, ne laissant sur le sol qu'un petit tas de poussière.

Il n'eut pas le temps de se ressaisir car deux autres vampires se jetaient sur lui.

Buffy brandit le pied des cymbales pour empêcher Luke d'approcher. Mais celui-ci esquiva sans difficulté et lui fit une grimace moqueuse.

— Tu oublies que le métal ne peut pas me blesser, ricana-t-il.

— Toi aussi, tu oublies une chose...

Elle vit le vampire se figer, le doute passant sur son visage.

— Le lever du soleil, acheva-t-elle.

Elle projeta le pied des cymbales vers la fenêtre qui surplombait la scène.

Une pluie d'éclats de verre tomba autour d'elle tandis qu'une pâle lumière pénétrait dans la grande salle. Luke poussa un cri affreux et leva les bras pour se protéger.

Rapide comme l'éclair, Buffy ramassa son pieu et l'enfonça dans la poitrine du vampire. Celui-ci s'arc-bouta, en proie à une intolérable douleur.

— C'est dans un peu plus de neuf heures, crétin ! railla-t-elle.

Alors, Luke réalisa que la lumière qui lui avait fait perdre la tête n'était pas celle du soleil, mais des réverbères de l'avenue. Avec un hoquet de surprise, il tomba à genoux.

Il sentait ses forces le quitter. Avec elles s'en allaient celles du Maître.

C'était comme s'ils ne faisaient plus qu'un : Luke prostré sur la scène, le Maître prostré dans son antre tandis que l'énergie coulait hors d'eux. Luke partagea les souffrances et l'angoisse de son Maître, et celui-ci vécut les siennes juste avant qu'il ne tombe en poussière.

Durant ses dernières secondes, Luke vit mourir des siècles d'espoir et d'attente. Les derniers vestiges du pouvoir dont le Maître était investi grâce à lui s'évanouirent ; il tendit une main pour appeler une aide qui ne viendrait pas.

À travers un brouillard de douleur, Luke leva les yeux et vit Buffy qui le toisait, haletante.

Puis les ténèbres se refermèrent sur lui pour la dernière fois.

26

Alex luttait férocement contre les vampires. Mais il remarqua que les deux créatures qui le tenaient se laissaient distraire par quelque chose... ou quelqu'un. Les yeux plissés, celles-ci dévisagèrent Buffy l'espace d'une seconde, puis, sans un mot, elles lâchèrent Alex et se ruèrent vers la sortie.

Le jeune homme tomba bruyamment. Il était en train de se relever quand Giles et Willow émergèrent des coulisses. Buffy et lui les rejoignirent au centre de la piste de danse.

— Je suppose que c'est fini, fit le bibliothécaire soulagé.

Autour d'eux, c'était un vrai carnage.

La plupart des clients avaient réussi à fuir, mais certains étaient encore là, assis dans les fauteuils ou errant comme des âmes en peine. La terreur se lisait sur leur visage, et aucun d'eux n'osait prononcer un mot.

— On a quand même évité l'apocalypse, soupira Buffy. Ça doit nous faire pas mal de bons points.

Elle aperçut Cordélia qui gisait toujours sur le sol, là où Jesse l'avait laissée. Pour une fois, l'arrogante jeune fille ne trouvait rien à dire.

— Une chose est sûre, soupira Alex : rien ne sera plus jamais pareil.

Dehors, les vampires paniqués couraient en tous sens. Alors que les derniers s'enfonçaient dans les ténèbres, Angel sortit de l'ombre et les suivit du regard jusqu'à ce qu'ils aient disparu. Puis il se tourna vers l'entrée du club.

— Elle a réussi, murmura-t-il avec un sourire. Que je sois damné…

27

Contrairement à la prédiction d'Alex, le lendemain ressembla en tout point aux autres jours.

Le soleil de Californie baignait le lycée comme à son habitude, et le ballet des élèves avait toujours lieu autour de la grande fontaine, dans la cour centrale.

De petits groupes passaient en discutant ou en riant; Cordélia tenait sa cour au milieu d'une nuée d'admirateurs des deux sexes.

— J'ai entendu dire que c'était une guerre entre gangs rivaux, expliqua la jeune fille en prenant un air important.

Elle regarda les visages avides de ses fans, qui ne perdaient pas un mot de son récit.

— Le plus bizarre, c'est que Buffy avait l'air de bien les connaître. Mes souvenirs ne sont pas très précis mais, croyez-moi, c'était à mourir de frayeur !

— Si seulement j'avais été là... soupira une adolescente, jalouse.

Buffy et ses amis, qui traversaient la cour à ce moment, avaient assisté à la scène.

Alex levait les yeux au ciel, exaspéré.

— À quoi t'attendais-tu ? s'enquit Buffy, amusée.

— Tu ne vois pas que tout le monde se conduit comme s'il ne s'était rien passé ? s'exclama Alex, frémissant d'indignation. Les morts se sont relevés, et Sunnydale s'en lave les mains !

— Les gens ont tendance à rationaliser ce qu'ils ne comprennent pas, expliqua Giles d'une voix apaisante, en rejoignant les jeunes gens devant la bibliothèque. Ou à l'oublier.

Buffy hocha la tête.

— Crois-moi, c'est beaucoup mieux ainsi.

— Moi, en tout cas, je ne risque pas d'oublier, dit Alex.

Il réprima un frisson.

— Parfait, approuva Giles. Comme ça, la prochaine fois, tu seras préparé.

— La prochaine fois ? s'étrangla Alex.

Le bibliothécaire eut un gentil sourire.

— Nous avons empêché le Maître de se libérer et d'ouvrir la Bouche de l'Enfer, mais ça ne veut pas dire qu'il cessera d'espérer. Il a toute l'éternité devant lui. À mon avis, hier, ce n'était que le début.

— Encore des vampires ? croassa Willow, toute pâle.

— Pas seulement, objecta Giles, solennel. Nos prochains adversaires seront peut-être des créatures très différentes.

Buffy déclara avec ironie :

— J'ai du mal à cacher mon impatience...

— Souvenez-vous que nous nous trouvons à un point de convergence des forces surnaturelles, leur rappela Giles. Nous sommes tout ce qui se dresse entre la race humaine et ceux qui veulent la détruire.

Alex secoua la tête.

— Buffy, ça ne me plaît pas beaucoup.

— Regarde le bon côté des choses. Avec un peu de chance, je ne tarderai pas à me faire renvoyer une nouvelle fois.

Elle sourit à Giles et s'éloigna, Alex et Willow sur les talons.

— C'est pas bête du tout ! s'exclama Alex. Je parie qu'il y a des tas de lycées qui ne se trouvent pas sur une entrée de l'enfer.

— Tu pourrais peut-être faire sauter un bâtiment, suggéra Willow, pleine de bonne volonté. Ils sont assez stricts sur ce chapitre.

Buffy haussa les épaules.

— Je songeais à quelque chose de moins radical, comme une grève totale de travail…

Rajustant ses lunettes sur son nez, Giles secoua la tête.

— La race humaine est perdue, soupira-t-il.

Tu as aimé

La Moisson

Alors découvre vite

La pluie d'Halloween

Buffy avait mal dormi. Comme si ça ne suffisait pas, de gros nuages menaçants s'amoncelaient dans le ciel, promettant de la pluie avant le soir. Le genre de temps qui vous donne envie de passer la journée au lit... comme un vampire...

Dans la même collection

Buffy™ CONTRE LES VAMPIRES

1. La Moisson
2. La pluie d'Halloween
3. La lune des coyotes
4. Répétition mortelle
   (à paraître en juillet 2001)

Composition : Francisco *Compo*
61290 Longny-au-Perche

Imprimé en France sur Presse Offset par

BRODARD & TAUPIN
GROUPE CPI

La Flèche (Sarthe), le 11-04-2001
N° impression : 7242

Dépôt légal : octobre 2000.

POCKET jeunesse
12, avenue d'Italie • 75627 PARIS Cedex 13
Tél. : 01.44.16.05.00